연리지
처럼

조옥규 · 조사무

연리지처럼

1판 1쇄 발행 | 2019년 4월 20일

지은이 | 조옥규, 조사무
발행인 | 이선우
펴낸곳 | 도서출판 선우미디어
　　　　등록 | 1997. 8. 7 제305-2014-000020
　　　　02643 서울시 동대문구 장한로12길 40. 101동 203호
　　　　☎ 2272-3351, 3352 팩스: 2272-5540
　　　　sunwoome@hanmail.net
　　　　Printed in Korea ⓒ 2019. 조옥규, 조사무

값 13,000원

※ 잘못된 책은 바꿔 드립니다.
※ 저자와의 협의하여 인지 생략합니다.
※ 이 도서의 국립중앙도서관 출판예정도서목록(CIP)은 서지정보유통지원시스템
　　홈페이지(http://seoji.nl.go.kr)와 국가자료공동목록시스템(http://www.nl.go.kr/kolisnet)에서
　　이용하실 수 있습니다.(CIP제어번호: CIP2019014605)

ISBN 978-89-5658-609-0 03810

부부 에세이

연리지 連理枝
처럼

조옥규·조사무 지음

선우미디어 sunwoomedia

조옥규 편

풍요

기다림

김영자 〈사랑은 흐르고〉

조옥규 편

Essay by
Ok Kyu Cho

삶의 노정에 쉼표가 되기를

벚꽃이 한창입니다. 나무를 타고 청설모 두 마리가 분주히 오르내리며 사랑을 희롱합니다. 가만히 바라보니 한 마리가 앞서 오르면 또 한 마리가 질세라 더 빨리 달립니다. 어떤 때는 한 몸으로 뒤엉켜 나무에서 떨어질까 걱정되는데 곧 아무렇지도 않게 다시 앞서거니 뒤서거니 하면서 아름다운 자연 한 폭을 연출합니다.

"꽃잎이 다치면 어떡하니, 살살 놀아라." 한 마디 해 보지만 그래도 사이좋게 노니는 저들이 있어 자연을 살아가는 내 마음에 평안이 깃듭니다.

눈부신 이 봄날에 부부 수필집 ≪연리지連理枝처럼≫을 출간하게 되었습니다. 두 그루의 나무가 긴 세월 함께하면서 연리(連理) 되듯 우리 부부도 반세기 동안 희로애락을 겪으며 서로 의지하고 사랑하다 보니 어느덧 연리지처럼 되어 가고 있습니다.

이역(異域)을 살아가면서 정체성의 혼란과 소통의 목마름을 글쓰기로 달래가며 살았습니다. 수필은 화자의 철학적 사유가 흔적으로 배어든 산문입니다. 그러므로 수필을 통해 화자가 육안으로 인지하고 심안으로 인식한 사유의 세계를 공유할 수 있습니다. 그것이 바로 수필문학의 장점이며 매력이 아닐까 싶습니다.

진솔하게 써 내려간 우리 부부의 이야기들이 어느 누군가의 노정(路程)에 공감을 주며 한 박자 쉬어 가는 쉼표가 되기를 바랍니다.

앞으로의 소망이 있다면 마음 안에 작은 숲을 이루고 자연의 일원으로 자연을 노래하는 나무가 되고 싶습니다.

고마우신 분들이 많습니다. 작가의 길을 밝혀 주신 김영중 선생님께 큰절을 올립니다. 아름다운 장정(裝幀)을 위해 귀한 작품을 기꺼이 허락해 주신 김영자 화백님, 사랑을 드립니다. 이태 전, 노스캐롤라이나로 이주하여 물설고 낯설어하는 우리 부부에게 동역의 보람과 믿음의 기쁨을 나누어 주시는 Open Church of Charlotte(샤롯 열린 교회) 조재철 목사님과 교우(敎友)들이 있어 행복합니다. 연리지가 창창(蒼蒼)한 모습을 드러내도록 수고해 주신 선우미디어 이선우 선생님, 멀고 가까운 곳에서 변함없이 격려해 주는 문우들, 그리고 부모를 아끼고 걱정해 주는 자식들, 모두들 고맙습니다.

2019년 3월
노스캐롤라이나 샤롯에서
조옥규

김영자 〈여행 이야기〉

신록

백팔십 번째의 봄

　며칠 전, 우리 동네에 함박눈이 펑펑 내렸습니다. 이곳 사람들은 겨울이 되어도 가늘고 성긴 포슬눈은 한두 차례 보았어도 올해처럼 굵고 탐스러운 함박눈은 처음이라며 축제 분위기에 쌓였습니다. 남녀노소 할 것 없이 집 밖으로 뛰쳐나와 눈사람을 만들고 썰매도 타며 즐거워하는 웃음소리가 행복의 꽃으로 피어났습니다.

　햇살이 퍼지고 예년의 기온을 되찾게 되자 우리 부부는 설경에 미련이 남아 길을 나섰습니다. 가다 보니 집에서 세 시간 반 거리인 아팔라치안 산맥을 따라 그레이트 스모키 마운틴(Great Smokey Mountain)까지 이르게 되었습니다. 스모키 마운틴은 포리스트 카터의 ≪내 영혼이 따뜻했던 날들≫이라는 소설의 무대이기도 합니다. 나는 책을 통하여 체로키 인디언들이 자연 섭리에 순응하며 소박하게 살아가는 생활 모습에 신선한 감동을 받을 수 있었습니다. 문명 공해로 얼룩진 영혼이 맑아지는 기분이었습니다. 그래서 작년 이곳 노스캐롤라이나로 이주하자마자 만사 제치고 제일 먼저 찾았던 곳이기도 합니다.

소복으로 단장한 겹겹산 굽이굽이 산길을 따라 올랐습니다. 두어 달 전만 해도 감탄사를 연발하며 경탄의 눈으로 바라보던 화려한 단풍은 오간 데 없고 뼈대만 남은 나무들이 높바람에 잔가지를 떨며 눈꽃을 떨구고 있었습니다. 마치 한겨울 고향 땅에서 쫓겨난 체로키 인디언들이 고난의 행군에 지쳐 추위에 오들대는 것 같아 명치끝이 시려 왔습니다. 산골짝을 따라 부는 바람 소리는 저들이 울부짖는 곡소리 같고, 나뭇가지에서 녹아내리는 눈은 저들이 흘리는 눈물 같았습니다. 성하(盛夏)의 우거진 삼림(森林) 속에서는 느낄 수 없었던 체로키족들의 슬픈 역사가 겨울 산 곳곳에 상흔으로 남아 있는 듯했습니다.

미국의 제7대 대통령 앤드류 잭슨이 서명한 인디언 강제 이주 계획은 한겨울에 집행되었다고 합니다. 화톳불에 둘러앉아 문 밖에 이는 바람 소리, 눈 내리는 소리, 먹이를 찾아 내려오는 길짐승의 발자국 소리에 귀를 기울이며 평화로이 지내던 체로키족들에게 갑자기 광풍처럼 재앙이 들이닥쳤습니다. 두터운 겨울 옷가지도 챙기지 못한 채 공권력으로 무장한 군인들에게 이끌려 천이백 마일 오크라호마까지 걸어서 눈물의 행진을 했다 합니다. 11월에 출발해서 이듬해 3월이 되기까지 도상에서 숨을 거둔 사람이 자그마치 오천여 명이었다고 하니 상상만 해도 끔찍한 일입니다. 왜 하필이면 엄동설한이었을까요. 어째서 봄이 올 때까지라도 기다려 주지 못했을까요.

역사는 피의 기록이기도 합니다. 동서고금을 막론하고 인간의 끝없는 탐욕이 역사의 장을 피로 얼룩지게 합니다. 체로키족들의 몰락은 한 인디언 소년이 스모키 마운틴을 흐르는 개울가에서 금 덩어리를 발견함으로써 시작되었다고 합니다. 금이 나왔다는 소문은 멀리 퍼져 나갔고 황금을 탐하는 문명인들이 너도 나도 할 것 없이 몰려드는 바람에 저들의 운명이 나락으로 떨어지게 된 것이라 합니다. 체로키족이 겪어 온 고난 역사는 21세기에 들어서서야 버락 오바마 대통령이 공표한 '원주민 권리선언'에 의해 다소나마 위로를 받을 수 있었습니다.

저들이 고난의 길에서 얼어 죽고 굶어 죽은 가족이나 동료들을 동토 구덩이에 매장하면서 목메어 불렀다는 <어메이징 그레이스(Amazing Grace)>를 웅얼거리며 산을 내려왔습니다. 숲속에 야생 칠면조 대여섯 마리가 눈밭에 부리를 쪼아대는 모습이 보였습니다. 아마 눈 속 깊이 파묻힌 봄을 캐 내고 있었나 봅니다. 아무쪼록 이제 얼마 남지 않은 마지막 추위를 잘 견디다가 새 봄을 맞아 주길 바라는 마음이 간절했습니다.

봄은 희망이라고 말합니다. 눈이 두텁게 쌓인 땅에서는 진한 향기로 봄꽃이 피어난다고 합니다. 올 겨울은 눈이 많이 왔기에 스모키 마운틴의 봄은 어느 해보다도 찬란할 것 같습니다. 올해로 인디언 강제 이주가 시작된 후 백팔십 번째의 봄이 다가옵니다. 지금은 고난의 질곡에서 살아남은 체로키 인디언 후손들이 고향 땅을 지키고 있습니다. 그들에게는 자연을 찬미하며 자연과 더불어 살았던 조상의 영혼이 깃들어 있을 것 같아 친근감이 느껴졌습니다. 오늘은 입춘입니다. 저도 눈밭에서 봄을 캐는 칠면조처럼 희망의 봄을 기다리며 자연인으로 살아갑니다.

나도 목련이다

목련꽃이 피었다. 며칠 전만 해도 앙상했던 가지에 수없이 많은 꽃송이가 맺혀 봄 햇살에 순결한 입술을 벌린다. 오랜 가뭄으로 소생하기 어려운 고목인가 싶었더니 겨우내 힘겹게 수액을 끌어 모아 봄의 향연을 준비했나 보다. 비단옷을 차려입은 꽃으로 세상을 밝혀 누군가에게 기쁨을 주려 인고의 세월을 견뎠나 보다.

세월이 흐름에 따라 목련을 바라보는 시각도 달라지고 느낌도 변한다. 한창 젊었던 시절, 이맘때가 되면 박목월 시인의 <사월의 노래>를 음송(吟誦)하고, 베르테르의 순수하고 애틋한 사랑에 가슴 설레었다. 목련꽃이 만발했으니 차 한 잔 하자며 동네 친구는 나를 불렀고, 청와대에선 육영수 여사가 혼자 보기 아깝다며 여기자들을 초청해 꽃을 완상하며 정담을 나눴다는 소식도 들렸었다. 그러나 어느새 꽃의 아름다움보다는 노목이 되어서도 의연하게 꽃을 피워 내는 목련의 집념과 노고에 감탄하는 나이에 이르렀다.

부모에게 있어 자식은 꽃이라 할 수 있다. 아이들이 모두 장성하여 분가하고 나니 존재감의 한 축이 허물어지는 것 같았다. 뇌기능의 양면성이랄까, 아이들 뒷바라지에서 놓여난 여유로움이 싫다 할 수는 없지만 왠지 모르게 허허로운 바람이 마음속을 휘젓고 다녔다. 노심초사하며 집안일 바깥일에 종종걸음 칠 적에는 언제쯤이나 자아실현을 위한 여유를 가질 수 있을까, 그날이 기다려지기도 했었다.

어느덧 흐르는 세월에 편승하여 과중한 책임으로부터 풀려났다. 목련이 가지마다 예쁜 꽃을 피우며 여유롭게 미소 짓듯이 나 또한 제각기 가정을 꾸리기에 여념이 없는 자식들을 대견스레 바라본다. 그럼에도 불구하고 마음자락을 스치는 찬바람의 정체는 무엇일까. 녹슨 돌쩌귀가 삐걱대듯이 보람감과 상실감이 맞물려 돌아가며 불협화음을 낸다.

몇 년 전, 유럽 여행길에 만난 할머니가 있었다. 대부분의 이민자들이 그러하듯이 맨땅을 일구듯 고된 생활 속에서도 자식들이 성장하는 보람에 힘든 줄 몰랐다고 하셨다.

다행히 아이들이 잘 자라 제 갈 길 갔으니 무슨 여한이 있을까마는 당신의 인생이 너무나 쓸쓸하고 허무하다는 생각이 든다고 하셨다.

의사인 딸에게 용건이 있어 전화를 걸면 지금은 바쁘니 나중에 보자며 일방적으로 끊어 버리고 며칠을 기다려도 연락이 없다 했다. 바쁜 직업이니 이해하자며 자신을 추슬러 보지만 서럽기도 하고 자존심도 상해 말없이 여행길에 올랐다고 하셨다.

그럼에도 기념품 가게에서 자식들의 선물을 고르는 할머니의 얼굴에 행복한 미소가 가득 퍼지니 도대체 어미의 사랑은 어디까지

일까.

　부모는 자식에게 필요한 존재일 때 삶의 의욕이 샘솟고 행복감도 피어난다. 밥상머리에 올망졸망 둘러앉아 제비 새끼처럼 밥을 받아먹는 아이들을 바라보며 얼마나 흐뭇했던가. 가슴이 벌어지고 부모보다 키가 더 자랐을 때의 기쁨은 또 어떠했던가. 그때는 자식을 위한 일이라면 태산을 들어 올리라 해도 무서울 것이 없었다. 부모들은 세월의 옷을 껴입을수록 어린아이를 닮아 간다. 자식에게 관심 받고 싶어 하는 마음도 세찬 바람에 멍든 꽃잎처럼 심신이 여려졌기 때문일 것이다.

　목련화를 일명 북향화(北向花)라 한다더니 과연 꽃봉오리가 한결같이 북쪽을 바라보고 있다. 설화에 의하면 사랑을 이루지 못하고 죽은 여인이 목련꽃으로 피어나 오매불망 임 계신 곳을 바라본다고 한다. 사랑의 본질이야 좀 다를지 모르지만 부모들은 자식을 향해 피는 목련화가 아닐까. 언제나 같은 자세로 상실의 아픔도 보람과 감사로 승화시키며 자식들을 향하여 목을 길게 빼는….

　나도 목련이다.

꽃비 내리는 날

　자카란다 꽃이 날리는 화창한 주말, 집 앞 잔디밭에서 장마당을 벌였다. 직장 생활에 바쁜 딸은 틈틈이 헌 옷들을 꺼내 세탁하고 장난감과 신발들도 손질하며 집 안을 온통 들쑤셔 댔다. 내놓은 물품들 중에는 특히 유아용품이 많았다. 내가 알기로는 손녀가 입던 옷이나 장난감 중에는 조카나 친구의 아이들이 사용했던 것들도 적잖은데 저런 걸 누가 사 갈까 싶었다.

　딸이 나보고 소용에 닿지 않는 물건이 있으면 내놓으라 했다. 아무리 생각해도 상품 가치가 있는 물건이 별로 없을 것 같았다. 그동안 헌 옷과 안 쓰는 가재도구를 재활용 박스나 쓰레기통에 넣으며 살아왔기 때문이다. 그래도 다시 한 번 살림을 정리해 봤다. 금전적 가치보다는 정신적 가치에 대한 미련을 차마 떨칠 수 없어 오랫동안 간직하고 있던 물건들까지 과감하게 내놓았다. 젊은 날의 흔적이 묻어 있는 애장품들이 세상 밖으로 나와 누군가에게 다시 사랑을 받을 수 있다면 기쁠 것 같다는 생각이 들었다. 나이가 나이인 만큼 이제는 마음도 다이어트를 해야 할 시점이 아닌가.

아침 7시경, 진열도 채 끝나지 않았는데 지나가던 백인 남성 한 분이 DVD 열 장을 10불에 가져가며 아주 좋아했다. 멕시칸 할머니 한 분은 아기용품을 한 보따리 골라 들며 딸의 해산일이 가깝다고 흐뭇해한다. 남성용 골프채에 관심을 보인 할아버지에게 15불이라고 했더니 "쿨!" 하고는 20불을 내밀며 잔돈은 필요 없다고 했다. 옆집 학생이 가죽잠바를 만지작거리기에 그냥 가지라고 선심도 썼다. 추억이 묻어 있는 여행지의 기념품이나 액세서리도 잔돈 몇 푼에 임자를 만나 떠났다.

이곳 속담에 "나에게는 쓸모가 없어도 남에게는 귀중품이 된다(One man's trash is another man's treasure)."는 말이 있다. 헌책을 골라 들고 자신이 찾던 책이라며 좋아하는 사람, 타일랜드 조각품을 발견하고는 책에서 보았다며 보물을 만난 듯 기뻐하는 손님 등, 이런저런 사람들과의 만남이 있어 보람이 있었다.

손님이 뜸한 틈을 타서 흩어진 물건들을 다시 진열하며 어딜 가든지 소중한 존재가 되라고 쓰다듬어 주었다. 현관 계단에 앉아 활짝 핀 자카란다 꽃을 바라보며 점심을 먹었다. 온 가족이 꽃동산에 피크닉을 나온 것처럼 즐거워했다. 오후 1시경에 장을 거두었다. 팔다 남은 물건들은 박스에 담아 구호 단체에 가져다주었다. 지구촌 곳곳에서 헐벗고 가난한 사람들을 위해 쓰인다니 이 또한 보람 있는 일이 아닌가.

거라지 세일을 통해 다이어트를 한 듯 심신이 홀가분했다. 필요 이상의 물건을 끼고 산다는 것은 혈액 속에 체지방을 쌓는 것과 같다는 생각이 든다. 뒷정리를 하며 나에게서 떠나간 물건들이 적

재적소에서 그 가치를 인정받고 존재감이 회복되기를 기원했다.
바람이 한 줄기 스쳐 지나가니 꽃비가 내렸다.

　마음이 꽃잎처럼 가뿐해지는 하루였다.

또 다른 인생의 봄

꽃불이 탄다. 주황색 파피꽃이 황량하던 산등성이를 불태우고 있다. 구름이 쉬어 가고 자동차도 엉금엉금 기어가는 곳, 해발 육천 피트 헝그리밸리(Hungry Valley)에 새 생명의 환희가 넘쳐흐른다. 오랜 가뭄에 시달리던 캘리포니아에 단비가 내리더니 기적이 눈앞에 펼쳐지는 듯하다. 언제 보아도 삭막하던 헝그리밸리의 본모습은 찾아볼 수 없고 풍요로운 전경이 펼쳐 있다. 오랜 기다림과 인고로 피어난 꽃, 길손은 황홀경에 빠져 갈 길을 멈춘다.

헝그리밸리는 LA에서 5번 프리웨이 북쪽에 위치한다. 이민 초기에 샌프란시스코에 둥지를 틀었던 나는 이 고개를 넘어 엘에이로 일을 보러 다니곤 했다. 강원도 한계령보다 더 높고 굴곡진 험로를 오가면서 쓸쓸함에 젖어 들곤 하던 헝그리밸리가 저토록 뜨거운 열정의 씨앗을 품고 있을 줄은 상상도 못했다. 때로는 한밤중에도 눈보라를 뚫고 넘던 고갯길에 봄의 환호성이 들린다.

오늘따라 삶은 축복이라는 믿음이 생긴다. 야생화가 피었을 거라는 말에 두 말 없이 운전대를 잡아 준 남편이 고맙다. 동행하는 여정에 잠시나마 꽃빛 물드는 이 순간이 얼마나 큰 축복인가. 사람살이에도 자연과 마찬가지로 비 오는 날도 있고, 가뭄이 들 때도 있다. 헝그리밸리의 야생화도 언젠가 비가 내릴 그날을 고대하며 꿈을 키웠으리라. 산을 뒤덮은 봄꽃들이 장하다. 꿈을 포기하지 않고 굳세게 일어선 그 의지가 가상하다.

지난 2년 동안은 삶의 회의에 빠져 허둥대며 지냈다. 남편의 큰 수술과 생활의 변화에 당황했고, 이를 쉽게 수용할 수 없는 마음은 애써 현실을 외면하고자 했다. 이미 긴 세월을 살아왔기에 남은 인생에 더 이상의 꿈도 무의미하다고 생각되었다.

사람들은 성공을 향해 달려간다. 자신의 몸이 적신호를 보내도 마냥 직진이다. 그리고 지나친 자신감으로 어리석은 짓도 곧잘 저지른다.

봄바람에 한들거리는 초원의 풀꽃은 어린아이들처럼 싱그럽다. 햇빛과 바람에 몸을 맡기고 저항 없이 세상을 푸르게 넓혀 나간다. 힘을 빼고 심호흡을 해 본다. 행복이란 인간 존재의 불확실성을 극복하는 과정에 있다 했으니 성패에 상관없이 열정적으로 살아왔음에 의미를 두어야 하지 않을까. 마음을 비우고 나니 그 자리에 푸른 초원이 펼쳐진다.

어느새 목적지가 가깝다. 따스한 시선을 서로 나누며 손을 꼭 맞잡는다. 우리가 찾아가는 그곳엔 노란색 금잔디가 깔려 있고, 보라색 버베나(verbena)꽃이 피어 있는 곳이다.

나는 그곳에서 또 다른 인생의 봄을 만날 수 있기를 기대한다. 가슴 설레는 봄이다.

웨슬리댁으로 살기

　사슴 세 마리가 텃밭을 기웃거린다. 동네 산책로 인근에서 다 큰 사슴 한 마리가 뒷다리를 절름대며 어슬렁거리는 모습은 종종 보았어도 오늘처럼 새끼 둘을 데리고 우리 집에 나타난 경우는 처음이다. 불편한 다리를 끌고 외롭게 배회하는 사슴을 볼 적마다 안쓰러웠었는데 어느새 귀여운 새끼들까지 보았으니 얼마나 다행인가. 아침햇살이 따사로운 초가을 아침, 선한 눈망울의 사슴 가족이 정겹고 평화롭다.

　엘에이에서 노스캐롤라이나로 이주한 지도 어언 반년이 가깝다. 미국 동남부에 있는 금융 도시 샤롯(Charlotte)에서 그다지 멀지 않지만 우리 동네는 시골이나 마찬가지다. 사방을 둘러보아도 짙푸른 숲에 덮여 있고 크고 작은 호수가 곳곳에 있다.

　숲속에서 숲속으로 도로가 연계되어 운전을 하다 보면 거기가 거기 같고, 이따금씩 나뭇잎에 가려진 가옥들이 빠끔히 모습을 드러낸다.

　총면적이 22평방킬로미터인 '웨슬리 채플(Wesley Chapel)'이라는 자치구 남쪽 끝머리에 치우쳐 조성된 주택 단지에 우리 집이 있다. 백이십여 채의 빨간 벽돌로 지은 유럽풍 저택들이 나무숲과 어울려 멋스런 조화를 이룬다. 이십여 분만 차를 몰고 남쪽으로 향하면 이웃 주 사우스캐롤라이나 표지판을 볼 수 있다.

방풍림에 둘러싸인 밀밭과 옥수수 밭, 아니면 둥그렇게 말아 놓은 건초 더미들이 널려 있는 초원 정경을 보자면 반 고흐의 <밀밭>이 연상되기도 한다.

이 동네로 이주하자마자 조그만 텃밭을 일구고 몇몇 가지 채소 씨를 뿌렸다. 4월의 따스한 봄볕을 쪼이며 생흙을 만지니 온몸으로 생기가 흐르는 듯했다. 새로 구입한 호미로 딱딱한 땅을 고르고 거름흙을 배합한 후 이랑을 짓고 고랑을 내어 씨를 심었다. 며칠도 지나지 않아 도톰한 떡잎이 돋고 그 틈새로 새싹들이 앞 다투듯 앙증스러운 모습을 드러냈다. 자연의 역사(役事)가 신비로웠다.

첫사랑이 그렇고 첫 만남이 그렇듯 첫 농사 또한 마음을 설레게 한다. 옛 어른들이 한 밤 자고 나면 아이들 키가 한 뼘씩 큰다고 하더니, 밤새 손가락 마디만큼씩 자라는 생명들이 하도 신통해 눈 뜨자마자 밭을 둘러보곤 했다.

호박꽃이 처음 피었을 때의 감격이 새롭다. 대부분이 헛꽃인 줄도 모르고 열매 맺기를 기다리며 하루에도 몇 번씩 들여다보는데 벌 나비가 수분(受粉)해 주어야 열매를 맺는 법이라고 이웃이 가르쳐 주었다.

그 후로 벌 나비들이 찾아들면 귀한 손님이 온 것처럼 반가웠다. 비교적 공해에서 자유로운 이곳에도 점차 벌 나비가 사라진다고 하니 안타까운 일이다. 인간이 현명하게 자연과 공존할 수 있는 길은 없는 걸까.

가지가 휘어지도록 토마토가 열렸다. 아기 주먹만큼 자란 토마토가 붉어 가기를 기다리는데 누구의 소행인지 제대로 남아나지를 않았다. 아직 덜 여문 파프리카도 내팽개쳐져 있고, 겨우 맺은 호박도 땅바닥에 나뒹굴었다. 누구의 소행일까. 뒷문을 열고 정원으로 나서면 인기척에 놀란 토끼가 밭에서 튀어나오고, 다람쥐들이 재빨리 나무를 타고 도망치곤 했다. 키가 훌쩍 자란 해바라기는 누구 짓인지 알련만 햇살 가득 품은 미소만 지을 뿐 말이 없다. 그렇게 여름은 익어 가고 해바라기도 채 영글지 못한 심장을 새들에게 모두 내주었다.

우리 동네 사람들은 자연과 더불어 살아간다. 공들여 가꾼 농작물들을 야생동물들에게 빼앗겨도 십일조만이라도 남겨 달라는 관대한 마음으로 저들을 대한다.

사슴 무리가 경내로 들어와 무화과를 모두 따먹었다고 투정을 하면서도 길 건널 때 차 조심하라고 이르는 마음씨 고운 이웃들이다. 그야말로 자연이 베풀어 준 혜택을 자연과 더불어 누리기를 마다하지 않는다.

웨슬리 채플의 표어는 '가족과 더불어 살기 좋은 마을(A great place to live and raise a family.)'이다. 뚜렷한 경계 표시도 없이 사람이나 야생동물들이 이웃으로 지내는 평화로운 마을이다. 나도 웨슬리댁으로 살아가기 위해서는 자연인이 되어야 할 것 같다. 또한 순수를 지향하는 내 문학에도 자연의 마음이 녹아들어 싹을 틔우고 꽃을 피울 수 있도록 마음 밭을 가꾸어야 하리라.

유리병에 꽂은 갓꽃이 창가에서 노란 미소를 짓는다.

산책길 소회(素懷)

아침 산책길이다. 밤새 내리던 비가 개이고 나니 푸른 하늘에 햇살이 싱그럽다.

주택가 정원에서는 물기를 촉촉하게 머금은 꽃들이 봄맞이를 하고, 키다리 팜 트리는 오늘따라 한층 늠름해 보인다. 가로수 자카란다는 꽃을 피우기 위해 시든 잎을 털어 내느라 분주한데 목련은 오히려 새잎을 돋아 내느라 낙화를 서두른다. 자연이 끊임없이 생멸(生滅)을 되풀이하는 생생한 현장이다.

오늘 새벽, 핸드폰 소리에 잠을 깼다. 한밤중이나 새벽녘에 전화벨이 울리면 마음이 불안해진다. 이런 시간대에 걸려 오는 전화는 낭보라기보다는 흉보일 경우가 흔하기 때문일 것이다. 어머니가 돌아가셨을 적엔 한밤중에 전화가 왔고, 아버지가 위독하시다는 소식은 새벽녘에 들었다.

오늘은 서울 친구의 전화였다. 이런저런 이야기 끝에 얼마 전에 결혼시켰다는 아들 내외의 근황을 물어보았다. "그 애들이야 잘 지내고 있겠지. 같은 하늘 아래 살아도 얼굴 보기가 쉽지 않아. 장가를 가더니 남이나 마찬가지야."라고 말했다.

푸념 같기도 하고 하소연 같기도 한 말을 듣다 보니 아들 떠난 빈자리가 친구에게는 너무 컸나 보다 생각되었다. 하기야 나 또한 독립하겠다며 떠난 아들의 부재가 얼마나 허전했던가. 요즘은 한 달에 한두 번쯤 안부를 물어 주는 것이 고작이니 가끔 오가다 아는 척하고 지내는 이웃과 무엇이 다르랴. 그래도 가족 행사에는 잊지 않고 꼬박꼬박 참석해 주니 그나마 다행이라 여긴다.

친구는 오지랖이 꽤나 넓다. 밤늦게 도서실에서 돌아오는 아이를 마중하려고 아파트 앞을 서성이는데 주차해 있는 자동차 안에서 학생으로 보이는 젊은이 한 쌍이 서로 부둥켜안고 있는 것을 보고는 모르는 척할 수도 있으련만 굳이 다가서서 차창을 두드렸다.

"학생, 뭣들 허는 짓이여, 집에서 기다리실 텐데 빨랑 들어가 공부나 혀."라고 야단쳤다는 말을 듣고 "누가 너를 말리겠니. 그 애들이 얼마나 민망했겠어."라며 한바탕 웃어넘긴 적이 있었다.

또 한 친구 역시 아들을 결혼시켜 떠나보내고 보니 음식을 만들 때마다 자식 생각이 났다. 친구는 아들이 밥이나 제대로 챙겨 먹고 다닐까 염려되는 마음에 평소에 좋아하던 곰국을 끓여 아파트 경비실에 맡기고 왔다. 그랬더니 다 늦은 밤에 며느리에게서 전화가 왔다. "어머니, 더 이상 이런 거 가져오지 마세요. 오빠도 제 음식에 익숙해져야 하잖아요."고맙다는 말을 기대했던 친구는 하도 기가 막혀서 "똑똑한 새아가야, 네 말도 옳다마는 가장이 든든해야 하지 않겠니? 식성은 하루아침에 바뀌는 것이 아니란다. 너도 언젠가는 내 맘을 알게 될 거다. 참을 줄 아는 것도 사랑이란다."라고 말했단다.

봄이 무르익어 간다. 머잖아 자카란다 꽃이 만발하고 목련도 푸른 잎을 뽐낼 것이다.

나뭇잎은 떨어져 밑거름이 된다. 부모들도 자녀들이 꿈을 펼칠 수 있도록 뒷바라지하다가 때가 이르면 자연으로 돌아가는 것이 순리일 것이다. 누가 감히 자연의 질서를 거스를 수 있으랴. 자식들의 일거수일투족을 놓고 일일이 속을 끓이며 애태울 일이 아니다. 비록 품안의 자식처럼 살갑지는 않아도 자식 사랑에 웃고 울 수 있는 것만으로도 축복이 아닌가.

아침 산책길에 햇살이 쏟아진다.

해묵은 사과

거울을 들여다본다. 거울 속 낯선 여자가 날 물끄러미 바라본다. '넌 누구냐.'고 눈으로 물으니 팔자주름을 살짝 치켜 올리며 희미하게 웃는다. 눈을 깜박이고 다시 한 번 자세히 들여다본다. 오래전에 사다 놓은 채 잊고 있었던 시든 사과처럼 여자의 얼굴에 세월이 묻어 있다. '난 너를 모르겠다.'며 외면하는데 거울 속 여인이 '내가 너야.'라며 황급히 외치는 것 같다. 그러나 그녀의 목소리는 거울에 갇힌 채 빠져나오지 못한다.

세월이 어지간히 흘렀다. 그런데도 마음만은 아직 청춘이다. 마음속 거울에는 아직도 종달새 지저귀는 사월의 보리밭이 짙푸르고, 아스라이 피어나는 봄 아지랑이를 쫓던 단발머리 소녀도 그대로다. 세월 바람에 퇴색하지 않는 감성의 수채화 한 폭도 여전하다. 그런데도 거울 속 여인의 얼굴에는 인생 훈장이라기보다는 비바람에 긁힌 세월 자국이 역력하다. 인생이 허망하다는 회한이 잠시 고개를 쳐든다.

육체의 주름은 젊음이라는 체액(體液)으로 자란다. 화병의 물이

마를수록 꽃이 시들듯 육신에서 젊음이라는 수액(樹液)이 점차 고갈되면서 주름이 늘어 가는 것 또한 자연 현상일 것이다. 오늘은 어제보다, 내일은 오늘보다 주름 몇 갈래가 더 자리하지 않을까. 그렇다면 유수(流水) 같다는 세월이 남긴 흔적이 곧 주름살일 것이다.

세상을 어떻게 사느냐에 따라 주름살이 주는 느낌 또한 다르다. 곱게 빚어진 주름도 있고, 흉하게 일그러진 주름도 있다. 내가 기억하는 한 세상에서 가장 아름다운 주름을 가진 사람은 오드리 헵번이다. 아프리카 오지에서 참사랑을 온몸으로 실천하던 그녀의 주름진 얼굴은 아름다움을 넘어 성스럽기까지 했다. 한창 시절 명배우로 전성기를 구가하던 시절보다 훨씬 더 당당하고 고매해 보였다. 타고난 미모에 마음씨마저 고우니 그녀의 주름살이야말로 지상 최고의 훈장이라 할 수 있을 것이다.

육신에 주름이 지듯 마음에도 주름살이 생긴다. 육신의 주름과는 달리 마음의 주름살은 심안(心眼)에만 보일 뿐더러 생멸(生滅)도 다르다. 마음의 주름은 욕심을 채울수록 늘고 비울수록 펴진다. 그렇지만 마음을 사랑으로 채우면 주름이 아니라 상서로운 빛(光)이 그득해지고, 그 여광(餘光)이 있어 온유한 인품과 온화한 미소가 가능하다. 성인들에게서 볼 수 있는 달무리 같은 후광(後光) 역시 마음의 빛이 빚어낸 채광(彩光)이 아닐까 싶다.

세월을 이기는 장사는 없다 했다. 가는 세월은 쇠스랑으로도 막지 못한다고 하시던 아버지의 주름진 얼굴이 떠오른다. 젊어서는 풍운아 기질에 한량기(閑良氣)마저 다분해 국내외로 나다니던 아버지였지만 노부모를 봉양하고 처자식을 부양하느라 청운의 꿈을 접고 살아생전 고향 땅을 지키셨다. 천둥 번개와 비바람에도 꿈쩍 않는 거목처럼 온갖 세파를 극복하며 가난한 이웃과 일가친척들을 아울러 보살피셨기에 아버지의 주름살도 그렇게 중후하고 믿음직스러웠던 것이 아니었을까.

동향(同鄕) 시인인 이정록의 <풋사과의 주름살>이란 시가 있다. 사 온 지 오래되어 쪼글쪼글하게 말라 버린 풋사과를 깎아 달콤한 과즙을 맛보면서 장터에서 사과를 팔던 노파의 주름투성이 얼굴을 떠올리는 시는 이렇게 끝맺는다.

주름살이란 것
내부로 가는 길이구나
연(鳶)살처럼, 내면을 버팅겨 주는 힘줄이구나

꽃다운 젊음은 비록 속절없을지라도 내일보다는 오늘이 푸르다는 계산법으로 세상을 살아야겠다. 거울에 비친 저 주름살도 나의 내면세계를 지탱해 주는 힘줄이며 버팀줄이 아닐까. 언젠가 누군가의 목마름을 잠시나마 달래 줄 수 있는 한 모금의 과즙을 저장하기 위해 스스로 노력하고 자애(自愛)하여야 하리라. 거울 속 여인을 향해 미소를 지어 본다. 거울 속 낯선 여인도 나를 향해 환하게 미소로 화답한다.

창살 틈을 비집고 들어온 봄 햇살이 해묵은 사과 같은 얼굴에 촉촉하게 퍼진다.

신발 네 켤레

신발을 고른다. 대륙 횡단을 떠나기 위해서다. 이리저리 뒤져 보니 무려 스무 켤레가 넘는다. 생각보다 많다. 우선 필요가 없어진 등산화와 골프화, 굽이 높은 구두를 한 편으로 제쳐 놓는다. 이제는 신기에 버거운 신발이 되어 버렸으니 세월의 속성에 잠시 가슴이 먹먹해진다. 가장 편안한 운동화 둘에 샌들 두 켤레를 집어 든다. 먼지를 털어 내고 마른 걸레로 대충 문지르고 보니 제법 말끔하다. 신발 네 켤레가 나를 빤히 올려다보며 어서 가자고 눈짓한다.

여자들은 신발에 욕심이 많은 편이다. 한때 구두 부자로 소문이 자자했던 이멜다 마르코스가 어느 날 기자 회견장에서 고개를 똑바로 세우고 당당하게 항변했다.

"난 신발 삼천 켤레를 가져 본 적이 없어요. 겨우 천육십 켤레뿐이었다고요."

태어난 지 두 돌도 되지 않아 청각과 시각을 잃고도 사회사업가로서 봉사의 삶을 살다가 세상을 뜬 여인이 있었다. 헬렌 켈러 여사다. 그녀는 술회했다.

"두 다리를 잃은 사람을 알기 전까지 난 신을 만한 신발이 없다고 징징댔어요."

신발은 주인이 바깥 활동을 많이 할수록 바빠진다. 더러움이나 위험에서 발을 보호해야 하며 인생길에 허튼짓하지 말고 정도(正道)만 걷도록 안내도 해야 한다. 요즘은 패션의 완성으로 의상과 어울리는 신발 색상이나 디자인까지 따지는 세상이다.

옛사람들은 먼 길에 나서려면 봇짐에 짚신을 한 죽쯤은 챙겼다. 보행 중에 끈질기게 등허리를 집적거려 귀찮게 굴어도 애지중지 거두는 동행자가 미투리였다.

현시대는 차바퀴가 신발의 노고를 대신해 준다. 걷기보다는 자동차로 이동하는 경우가 훨씬 많다. 그럼에도 기능을 내세운 값비싼 신발 종류가 늘어나기만 하니 경제적이고 통풍 좋은 미투리가 민속촌에서 무슨 생각을 하고 있을까.

집을 옮길 적마다 신경 쓰이는 일은 신발을 정리하는 일이다. 볼품없이 낡은 신발일수록 내 인생을 정리하는 것 같아 선뜻 이별을 고하기가 쉽지 않다. 나와 한 몸이 되어 울고 웃던 내 삶의 동행자이며 역사이기 때문이다. 그래서 신발을 들었다 놓았다 하며 햄릿의 명대사라도 읊듯 '버려야 하나 말아야 하나, 그것이 문제로다.' 하며 고민에 빠진다. 그러나 결국은 주섬주섬 이삿짐 속에 쑤셔 넣는 것 또한 신발이다.

아기가 걸음마를 떼면서부터 신발은 사람과 불가분의 인연을 맺는다. 앙증맞은 아기 신발을 시작으로 평생을 각가지 신발에 의탁하다가 저세상으로 떠날 때에도 신을 신는다. 시어머님의 마지막

길에 버선 위에 신었던 종이 신발이 뇌리에 남아 있다. 평소의 하얀 고무신은 현관 한 편에서 주인을 기다리건만 먼 길 떠날 때에 신으신 것은 달랑 습신 한 켤레가 고작이었다.

신발을 트렁크에 갈무리한다. 마음이 넉넉해진다. 시어머님 연세보다 더 많이 살아온 내가 튼튼하고 편안한 신발을 신고 대륙횡단 길에 오르니 무엇이 두려우랴. 이번 여행길에는 네 켤레 신발과 더불어 내 남은 인생의 마음 밭을 풍요롭게 가꾸리라. 자, 이제 출발만 남았다.

열정

7층에서 내려온 남자

밤하늘에 불꽃이 만발한다. 찰나의 생명을 불태우는 한마당 축제에 환호 소리도 하늘가에 닿는다. 미국 독립기념일을 맞아 놀이문화에 익숙한 라틴계 주민들이 삶이 곧 축복이라는 듯 동네 어귀에서 폭죽놀이에 신명나 한다. 작년까지만 해도 별 관심 없이 소음공해로 여겼던 불꽃놀이가 올해에는 삶의 축제라는 생동의 의미로 다가온다.

주치의가 정기검진을 받으러 간 남편에게 혈뇨가 보이니 비뇨기 전문의에게 정밀검사를 받아 보는 것이 좋겠다고 했다. 특별한 증상이 없다며 느긋한 그이를 다그쳐 CT촬영과 내시경검사에 이어 조직검사를 마쳤다. 최종 판정을 기다리는 대엿새 동안 별의별 생각에 이성이 마비될 지경이었다. 그렇게 애태우며 기다린 결과가 신장암(腎臟癌)이었다.

사람이 살아가면서 가장 겸손해지는 순간은 죽음이라는 절벽을 마주 대할 때인 것 같다. 종착역에 이르면 누구나 하차하는 것이 순리이련만 그날은 먼 훗날일 거라 믿고 살아왔다. 부부의 인연을 맺어 긴 세월 동안 알콩달콩 사랑하고 아옹다옹 다투며 살아온 세월이 얼마인가. 하루는 안쓰럽고 또 하루는 제 몸을 함부로 굴려 얻은 병이 아닌가 싶어 밉기도 했다. 말은 안 하지만 본인 마음이야 어떻겠는가. 블로그에 남긴 그이의 시를 읽어 보니 그 마음이 고스란히 전해져 눈물이 흘렀다.

> 고빗길 어귀에서 숨 좀 돌려 가렸더니
> 엎어지면 코 닿을락 말락 지척에서
> 망측스레 생겨먹은 들목이 어서 오게나
> 눈 찡긋한다
> 지는 꽃도 피는 꽃만큼이나 곱다던데
> 암癌이나 앎知이나 그게 그거겠지
> 허허대며 먼 산 바라보니
> 강마른 동녘 하늘가로 뭉게구름 모여든다

열 시간 가깝게 신장 절제수술을 받고 깨어났다. 신장 하나를 제거하고도 살 수 있는 인체의 오묘함이 경이로웠다. 회복기에 본인이 겪은 고통을 어찌 이루 다 말할 수 있을까. 그래도 시간이 흐르니 암(癌) 병동이라 일컫는 7층에서 내려오게 되었다. 요즘에는 "예쁜 콩쥐만 남기고 미운 팥쥐를 내쫓았으니 앞으로는 몸속이 조용하겠네."라며 농담을 던질 정도로 건강이 회복되었다.

밤늦도록 불꽃놀이에 열광하는 사람들은 소소한 일상사에서 행복의 불꽃을 지피는 것 같다. 저들의 생활 방식이야말로 삶의 진면

목대로 순응해 살아가는 것이 아닐까. 화창한 날이나 흐린 날이나 삶은 아름답다. 살아 있는 오늘은 보배로운 날이며 축복의 시간이다.

밤하늘을 잠시 수놓았다 스러지는 폭죽 불꽃을 바라보며 인간의 삶도 이와 별반 다르지 않다는 걸 느낀다. 다만 사랑이라는 불쏘시개를 태우며 피어나는 생명의 불꽃은 가슴속에 꺼지지 않는 불꽃이 되리라.

제3의 고향

고향엔 무슨
뜨거운 연정이 있는 것이 아니었다
산을 두르고 돌아앉아서
산과 더불어 나이를 먹어 가는 마을
마을에선 먼 바다가 그리운 포플러나무들이
목메어 푸른 하늘에 나부끼고
이웃 낮닭들은 홰를 치며
한가히 고전古典을 울었다
고향엔 고향엔
무슨 뜨거운 연정이 기다리고 있는 것이 아니었다
− 김규동의 〈고향〉

　어둠에 감싸인 뒤꼍 테라스에 나앉는다. 하늘엔 영롱하게 반짝이는 별들과 교교(皎皎)하게 흐르는 달빛이 깊어 가는 노스캐롤라이나의 밤을 아름답게 수놓는다.
　숲속에서는 반딧불이 밤의 정령인 양 빛으로 날아오르고 개구리들은 한여름 밤의 오케스트라를 연주한다. 마그놀리아 꽃잎이 지는 소리인가, 도그우드 나무가 키를 늘이는가, 밤에도 숲은 부스럭거리며 깊은 잠을 이루지 못한다.

인생은 한 치 앞도 모른다더니 사반세기 동안 제2의 고향으로 알고 정들었던 캘리포니아를 떠나 노스캐롤라이나로 이주했다. 이곳은 온 도시가 푸르른 물감을 뒤집어 쓴 듯 사위가 온통 짙푸른 숲이다. 오솔길을 달리다 보면 하늘은 수줍은 새색시가 문을 빠끔히 열고 내다보는 형국이다. 휘핑크림을 뿌려 놓은 듯 뭉게구름이 푸른 하늘에 예술을 하고 전선줄에 매달린 노란색 가로등은 낭만을 불러일으킨다.

대륙 횡단을 마치고 집 앞에 도착했을 때 목련나무에 둥지를 튼 홍관조가 제일 먼저 조잘거리며 반갑다고 날갯짓을 했다. 빨간 장미꽃은 낯선 이방인의 출현에 얼굴을 더욱 붉히고, 도그우드 나무는 하얀 꽃으로 처절하게 아름다운 미소를 지어 주었다. 뒤란으로 돌아가니 거목의 단풍나무, 곧게 자란 소나무들, 잎사귀가 널찍한 떡갈나무, 아무렇게 쓰러져 나뒹구는 굵은 나무 둥치들, 새 보금자리가 순수한 자연으로 살아 있어 가슴이 뛰었다. 평소에 '청산에 살으리랏다'를 꿈꾸며 살아온 나에게는 자연과 문명이 공존하는 이곳이야말로 청산이라는 생각이 들었다.

길지도 짧지도 않은 세월을 사는 동안 여러 차례 삶터를 옮겼다. 젊어서 고향을 떠나 서울에서 학창 시절을 보냈고, 가정을 이루고는 얼마 지나지 않아 프랑스로 건너갔다.

몇 년을 파리에서 이방인으로 살다가 귀국했으나 세파에 밀려 태평양을 건너 북가주로 이주했고, 다시 남가주로 옮겼다가 예까지 이르렀다.

흔히들 타향도 정들면 고향이라고 말한다. 그러나 어느 한 곳도 순수한 동심으로 뛰놀던 고향 같을 수는 없다. 바래지 않는 어릴 적 고향의 추억은 세월이 흘러도 무지갯빛으로 남아 수채화처럼 맑고 투명한 시(詩)가 되어 인생길에 위로가 된다. 어쩌면 고향이란 나에게 생명을 주고 세상 보는 눈을 뜨게 해 준 시원 같은 땅이어서 그런지 모른다.

김규동 시인의 <고향>이라는 시를 읊노라면 내 가슴에 따스한 훈풍이 분다. 바다가 그리운 포플러나무들이 푸른 하늘에 나부끼고 낮닭들이 한가로이 고전을 울었다던 시인의 고향이 마치 내 고향 같다는 생각이 들곤 한다. 평생 동안 망향의 한을 품고 타향을 살았던 시인은 그토록 그리던 고향을 다시 밟아 보지도 못한 채 여섯 해 전 눈을 감았다. 나는 몇 년에 한 번 꼴로 고향을 방문하지만 몸은 이역에서 산과 더불어 나이를 더해 가고 있다. 이제는 여기가 제3의 고향이라는 마음으로 정을 붙여야겠다. 도착하자마자 파종한 텃밭에 채소들이 싹을 틔워 꽃을 피우더니 하나 둘 열매를 맺는다. 초년생 농사꾼인 내가 헛꽃에 반해 행복해하고 다람쥐와 토끼들에게 농작물을 빼앗겨 아쉬워도 하며 자연과 더불어 살아가는 일상이 평온하고 풍요롭다. 수확물을 나누는 이웃의 인정이 있고 새들의 지저귐으로 새날을 맞이하는 가슴 떨림이 있어 타향을 고향으로 키워 나간다. 그런데도 내 가슴 밑바닥에 그리움으로 흐르는 고향엔, 시인의 고향처럼 무슨 뜨거운 연정이 기다리고 있는 것도 아닌데 오늘 밤은 고향 생각에 나도 잠 못 이룬다.

아이티(Haiti) 방문기

　그곳엔 흙바람이 몹시도 일었다. 메마르고 황량한 산동네에 쓰레기들이 나뒹굴고 비루먹은 개들이 땡볕에 어슬렁거렸다. 사방을 둘러봐도 사람이 살아가기에는 너무나 척박한 환경인데 판잣집들이 들어서 마을을 이루고 있었다. 언덕배기를 오르자니 나도 모르게 자꾸만 한숨이 새어 나왔다. 변변한 나무나 꽃 한 송이 볼 수 없는 삭막한 풍경이 작열하는 태양만큼이나 가슴을 달구었다. 예전엔 카리브 제도에 속한 나라 중에서 커피나 목화, 사탕수수 재배가 활발해 제법 잘사는 나라였다고 하던데 어찌하다가 이렇게 헐벗게 된 것일까. 물 한 모금이 귀한, 아이티 공화국(Republic of Haiti)의 수도 포르토프랭스의 외곽 동네 모습이다.

　유조차 모양의 대형 물차가 도착하자 조용하던 마을이 갑자기 활기를 띠었다. 어디서 나타났는지 사람들이 꾸역꾸역 물차 앞으로 긴 줄을 이뤘다. 겨우 걸음마를 내딛는 아기까지 뒤뚱거리며 양재기를 들고 대열에 합세하는 모습이 애잔했다. 여인들이 신기하게도 머리에 인 물통을 손으로 잡지도 않고 잰걸음으로 오갔다. 귀한 물을 얻은 기쁨에서일까, 낙천적인 천성 때문일까, 모두들 얼굴에 웃음꽃이 피었다.

물 배급이 끝나고 동네를 한 바퀴 돌았다. 집이라고 해야 구겨진 양철이나 나무판때기로 헛간처럼 지어진 집이 대부분이다. 문을 가린 헝겊 조각은 찢어진 채 무심히 바람에 날리고 한낮의 열기가 산동네에 가득했다.

집 앞에 쪼그리고 앉아 빨래하는 여인을 한 컷 사진기에 담았다. 아이들 옷부터 챙겨 세탁하는 젊은 엄마 옆에 꼬마들이 옹기종기 모여 있다. 이방인을 바라보는 아이들에게 모델료로 사탕 두 개씩을 나눠 주고 돌아섰다.

어느새 소문이 돌았나 보다. 아이들 한 무리가 나타나 두 손을 허리에 얹고 포즈를 취하며 간절한 눈빛으로 쳐다봤다. 말은 통하지 않지만 자기들 사진을 찍어 가고 사탕을 달라는 뜻을 금방 알아차릴 수 있었다. 동네 대장 같아 보이는 눈이 큰 아이, 곱슬머리에 나비 핀이 색색으로 내려앉은 예쁜 소녀, 발목이 휘어진 기형 발을 가진 소년 등 모두 영락없이 맑고 천진한 개구쟁이들인데 렌즈에 비친 아이들 미소 뒤엔 그늘이 드리워져 있었다.

아이티는 2010년 1월 12일 7.0도의 대지진으로 국토는 초토화되었고 수십만 명의 사상자가 발생했다. 그때 붕괴된 성당이나 건물들은 8년이 지났는데도 아직 복구되지 못하고 그날의 처연한 상황을 대변하고 있었다.

대지진을 겪은 사람들이 말했다. 그때는 사망자가 하도 많아서 일일이 시신을 수습(收拾)할 수가 없어 포클레인으로 떠서 홍수 잔

해와 함께 삼천여 명을 한 구덩이에 매장했다 한다. 이들을 기리는 메모리얼 공원을 둘러보니 돌과 잡초가 섞여 있는 커다란 봉분 위에 나무십자가가 외롭게 서 있었다.

거리마다 시위 군중이 들끓기 시작했다. 리터당 1달러 하던 기름값을 5달러로 인상하겠다는 정부의 방침에 항의하는 데모였다. 국민 대다수가 하루 2달러로 생활하는 형편에 갑작스런 고유가 정책이 국민들의 원성을 불러일으킨 것이다. 시위 현장마다 타이어를 태우는 시커먼 연기가 하늘을 뒤덮고, 길에는 돌과 쓰레기가 깔려 차량을 운행할 수 없었다. 우리 일행은 숙소로 돌아가지도 못하고 낯선 곳에서 하룻밤을 보냈다. 모든 항공기가 취소되었다는 소식이 들렸다. 그러나 다행히 미국 항공사에서 특별기를 내주어 하루 늦게나마 귀향길에 오를 수가 있었다. 비행기가 이륙하자 고향을 다녀가는 길이라는 옆 좌석 아가씨가 "여기는 지옥이에요."라며 울먹였다.

아이티에 머무는 6박 7일 동안 내내 마음이 무거웠다. 말로만 듣던 이들의 생활상을 현장에서 직접 보니 생각보다 훨씬 더 비참했기 때문이다. 같은 지구촌에 살면서 한 편에서는 하루 끼니를 걱정해야 하고, 다른 쪽에서는 칼로리를 따져 가며 식단을 짜지 않는가. 그 불평등이 나를 혼란스럽게 했다. 또한 그동안 누려 온 삶의 축복을 낭비하고 살지 않았나, 자성하는 시간이 되기도 했다. 지금도 세계 각국에서 도움의 손길이 끊이지 않는다고 한다. 특히 몸으로 부딪치며 일하는 자원봉사자들의 헌신이 감동적이었다. 나도 저들을 위해 어떻게 작은 손이라도 뻗을 수 있을까. 아이티에서 받아온 숙제가 밀려있다.

신의 한 수

아침 설거지를 마친 후 커피 한 잔을 들고 페리오(Patio)에 나앉는다. 허밍버드가 부지런히 날갯짓을 하며 레몬 꽃에 부리를 박고 꿀을 빨아먹는다. 아침이면 학생들은 학교로, 어른들은 일터로 향하듯 벌새는 우리 집 레몬나무로 출근했나 보다.

이제 막 꽃망울을 터뜨린 꽃 사이로 옮겨 다니느라 분주하다.

중세의 종교 개혁자 마틴 루터는 "수도사의 기도보다는 주부의 설거지가 하나님께 더 큰 영광을 돌린다."라고 말했다. 노동은 신성하다는 뜻이다. 건전하고 정직하게 흘리는 땀방울은 꽃잎에 내려앉은 이슬보다 찬란하고, 방금 뽑아 낸 커피보다 향기롭다.

며칠 전 파나마 여행지에서 처음으로 커피 농장을 견학했다. 파나마의 보께테 마을을 '커피의 정원'이라고 한다더니 산악지대 곳곳에 숲을 이루고 있는 커피나무군(群)을 볼 수 있었다. 세 시간여 동안 투어 가이드를 따라다니며 커피의 생산 과정과 시설을 둘러보았다.

우리가 매일 손쉽게 마시는 커피가 상품으로 출하될 때까지의 고된 작업은 주로 원주민 노동자들 손에서 이루진다. 가무잡잡한 원주민들이 조상 전래의 고유한 원색 머릿수건을 쓰고 뙤약볕 아래서 일에 몰두하고 있는 정경이 안쓰럽고 애잔했다.

파나마에서 생산되는 '신의 한 수'라는 게이샤(Geisha) 커피를 맛보았다. 세계 소비 시장에서 르왁(Kopi Luwak) 커피와 더불어 커피 마니아들이 선호하고 열광하는 커피다.

게이샤 커피나무는 에티오피아가 원산지로 케냐와 탄자니아를 거쳐 파나마에 뿌리를 내렸다. 에티오피아의 서남쪽 게이샤라는 지방에서 그 이름이 유래한 커피로 2007년 미국에서 개최된 커피 경연대회(SCAA)에서 우승한 후 지금까지 최상의 명성을 누리고 있다.

게이샤 커피를 한 모금 머금으면 새큼한 레몬향이 살짝 섞인 과일 맛이 나다가 입속에 초콜릿 향이 남는다. 그래서일까, 향을 첨가하지 않은 진한 커피에 길들여진 내 입맛에는 별로 맞지 않았다.

최고가에 거래된다는 게이샤 커피를 소개하던 안내원의 얼굴이 떠오른다. 괜한 짐작인지는 몰라도 게이샤 커피 값을 설명하다가 자신의 품삯에 생각이 미치는 듯 갑자기 표정이 어두워지는 것 같았다. 독재가 무너지고 민주 정권이 들어선 후 백인들, 특히 미국인들이 대규모로 땅을 사들여 담을 치고 성채(城砦) 같은 저택을 짓는다. 그 안에다 개인 골프장과 수영장 등 온갖 편의 시설을 갖추고 여생을 즐긴다고 했다. 대다수의 원주민들은 피땀을 흘려 가며 일을 해도 자기 명의로 등기된 집 한 채라도 소유하고픈 소박한 꿈이 점점 멀어진다 한다. 그래도 미관을 걱정해 빨래도 내걸지 못하는 담장 안의 귀족들에 비하면 거리낌 없이 옷가지를 내다 말릴 수 있는 자기들이 더 행복하지 않느냐며 웃었다.

70년대 말, 강남으로 이사를 했다. 배꽃이 창유리 너머로 휘날릴 때면 무릉도원을 연상시키는 그런 동네였다. 얼마 안 되어 배나무들이 잘려 나가고 그 자리에는 고층 아파트들이 줄줄이 들어서곤 했다. 그야말로 개발 열풍이 강남을 휩쓸던 시기였다.

내가 남들보다 선견지명이 있어 삶의 터전을 옮긴 것은 아니었다. 개발 붐 와중에 들어선 학교가 시설도 좋고 선생님들도 훌륭하다는 소문이 자자해서였다.

아파트 여자들과 어울려 함께 커피를 마시다가도 살짝 자리를 뜨곤 하던 이웃이 있었다. 나중에 알고 보니 집을 팔아 전세로 옮기고 그 차액으로 테헤란로에 허름한 고옥을 구입하기 위해 바빴던 것이었다. 나도 남편에게 신사동에 좀 낡았지만 큰길가에 대지가 넓은 주택을 봐 놓았으니 한 채 사 놓자고 했다. 남편이 등 뒤에서 나를 껴안으며 말했다.

"투기는 사회악이야. 우리라도 그렇게 살지 말자."

요즘에 들어 회고해 보면 참 아까운 기회를 날려 버렸다는 생각을 지울 수가 없다. 이재(理財)에 밝았던 그 친구는 지금 고층 빌딩의 주인이 되었고 나는 마음이 자유로운 새가 되었다.

사람들에게는 저마다 꿈이 있다. 그 꿈을 실현하기 위해 사람들은 허밍버드처럼 날갯짓을 멈추지 못한다. 신이 나에게 허용한, 또는 내가 자력으로 마무리할 수 있는 신의 한 수는 무엇일까. 그렇다. 게이샤 커피 잔 속에서 천상의 얼굴을 본다는 어느 커피 마니

아처럼 나도 수필이라는 문학 장르에서 신의 한 수를 구해야겠다.
존재의 의미를 담담하게 보여 주는 봄꽃이 아름다운 아침이다.

한글로 새긴 문신(文身)

　몇 년 전 피부과 병원에서 있었던 일이다. 대기실에서 진료 순서를 기다리고 있는데 옆자리 아주머니가 대학생으로 보이는 청년의 등판을 때리며 "너 장가들 비용으로 문신을 빼는 것이니 그런 줄 알아라."라며 엄포를 놓았다. 그리고는 나를 의식했는지 하소연을 풀어놓기 시작했다.

　타주에서 대학을 다니는 아들이 방학을 맞아 집에 돌아왔다. 그런데 잠자는 아들 모습을 보니 양쪽 어깻죽지에 큼지막한 한글로 '충성'을, 잔등에는 '대한민국'이라는 시꺼먼 문신이 새겨져 있는 것을 보았다고 했다. 하도 기막혀 왜 이런 짓을 했느냐고 물었더니 "나는 한국 사람이잖아요."라고 당당하게 대답하더란다.

　우리 세대는 초등학교부터 고등학교까지 아침저녁으로 애국가가 울려 퍼지면 국기 게양대 앞에서 가슴에 손을 얹고 대한민국의 무궁한 발전과 충성을 서약하던 세대다. 그래서인지 20년을 넘게 고국을 떠나 이역에서 미국 시민으로 살아가면서도 내 조국이 대한민국이라는 자부심이 있다.

우리 가족이 미국 시민권을 받던 날, 천여 명이 넘는 다인종들 틈에 섞여 성조기 앞에서 미국 시민으로서의 충성 서약을 했다. 시민권을 취득해야 독수리가 새겨진 여권을 신청할 수 있고, 투표를 할 수 있는 권리와 더불어 은퇴 후 사회보장연금 등 각종 혜택을 누릴 수 있으니 어쩌겠는가. 조국의 푸른 하늘에서 펄럭이는 태극기를 올려다보면 뭉클해지던 마음과는 색다른 감동을 느낄 수 있었다.

내가 비록 코리안 아메리칸이라는 신분으로 살고 있지만 한국인으로서의 정체성까지 망각한 것은 아니다. 지금도 여전히 한국말을 사용하고 한식을 먹으며 조국을 위해 기도한다.

아들이 태어났을 때 친구 어머니가 축하 카드를 보내 주셨다. "나라에 충성하고 부모에 효도하는 아이로 자라라."라는 축원이 쓰여 있었다. 어찌 더 이상의 훌륭한 축복 말씀이 있을 수 있겠는가. 예전에는 학교에서나 가정에서도 충효(忠孝)야말로 사람이 꼭 갖춰야 할 으뜸가는 덕목이라고 가르쳤다. 충(忠)과 효(孝)는 동전의 양면과 마찬가지여서 떼어 놓을 수 없기에 공자도 '효자 가문에서 충신이 나온다.'고 믿었으리라.

외국에 살다 보니 아이들은 영어를 한국말보다 더 편하게 사용한다. 내 경우만 하더라도 내가 한국말로 이야기하면 아들은 영어로 대답한다. 카톡 문자도 마찬가지다. 아들이 영문으로 안부를 물어 오면 난 한글로 대답한다. 어찌 보면 서글픈 코미디가 아닐 수 없다. 이러면 안 되는데 하는 맘이 들면서도 아들을 이해하지 못할 바는 아니다. 부모와 함께 살 때는 한국말을 곧잘 하더니 분가하여 사회생활을 하면서부터 우리말이 어둔해졌다.

언어는 곧 민족의 얼이며 정체성을 받쳐 주는 뼈대다. 모국어를 불편 없이 구사할 수 있는 사람은 누구나 조국을 사랑하고 고향을 그리워하는 마음을 떼어 낼 수 없을 것이다. 그러기에 내 주위의 젊은 엄마들은 타국에서 태어난 아이들의 한국어 교육에 힘을 쓰느라 더 분주하게 살아간다.

그 청년은 잘 있을까. 미국에 살면서도 '나는 한국 사람이다.'라며 떳떳하게 한글로 문신을 새겼던 청년은 지금은 어깨와 잔등에서 문신을 지웠겠지만 대신에 마음속 깊은 곳에 빨간 글씨로 '충(忠)' 자를 새기지 않았을까.

당시만 해도 참 재미있는 녀석이라며 가볍게 웃어넘겼었는데 오늘 한국 뉴스를 보며 문뜩 그 학생 어깨에 새겨졌던 '충성'이란 문신이 떠올랐다.

요즘이야말로 나라 사랑이 절실할 때가 아닌가 싶다.

둘째딸이 사는 방법

가파른 비포장 산길을 따라 조심스럽게 운전을 한다. 산발치에 띄엄띄엄 들어선 주택들을 지나고 나무숲 사이로 달린다. 어느새 목가적(牧歌的) 풍경에 긴장감이 풀어지고 심신이 상쾌해진다. 인가와는 동떨어진 산등성이에 댕그라니 자리한 딸네 집을 바라본다. 오늘따라 고즈넉한 한낮의 적막이 빨간 지붕 위에서 졸고 있다. 눈앞 정경이 평화롭기 그지없다.

지금쯤 딸은 집 안에서 부모 맞이할 준비로 분주할 것이다. ≪초원의 집≫에 나오는 잉걸스 부인처럼 화장기 하나 없는 민낯에 긴 생머리를 틀어 올리고 공기에서 효모균을 채취해 자연 발효시켰다는 빵을 굽고 있을 것이다. 제과점 빵은 이스트나 버터, 향신료 등 첨가물이 많이 들어 있어 몸에 해롭다며 유난을 떠는 딸이다.

요즘은 하루가 멀다 하고 신상품이 출시되는 세상이다. 그럼에도 불구하고 고집스레 치약이나 비누, 샴푸나 로션까지도 직접 만들어 쓰며, 카운터에서 가설해 주겠다는 수도마저 거절하고 지하수를 퍼 올려 생활용수로 사용한다.

유별스럽다 싶은 딸의 생활 태도를 전혀 이해 못 할 바는 아니다. 사람들이 필요 이상으로 화학제품을 남용하는 세상이 아닌가. 마음만 먹으면 언제 어디서나 쉽게 향유할 수 있는 문명의 혜택을 마다하고 재래식 생활 방식을 고집하고 있으니 어미 입장에서는 딸이 고생하는 것 같아 안쓰러운 생각이 든다.

제 또래 친구들은 고급 화장품에 명품 가방과 옷으로 몸을 치장하고 젊음을 즐기는데, 그런 삶에는 아예 관심이 없다. 생활에 여유가 없다면 그러려니 하겠지만 일 년의 반 정도는 해외여행을 다니니 인생을 살아가는 사고방식의 차이일 것이다.

어린 두 아이들을 데리고 몇 달씩 아프리카의 초원을 누비고, 유럽으로 건너가 알프스 산맥을 넘는 대장정도 다녀왔다. 대충 둘러보는 겉핥기식 관광이 아니라 배낭을 메고 고행하듯 대자연을 속속들이 찾아다니는 여행을 즐긴다.

역마살이 붙었는가, 아니면 조상을 거슬러 올라가 보니 말을 타고 광야를 달리던 인디언의 피가 섞였는가. 편안한 제 집보다 자연에서 삶의 기쁨을 찾는다.

지난주에는 딸네 가족과 함께 빅 베어 마운틴에서 캠핑을 했다. 딸네는 일이 바빠 두어 달 장거리 여행을 떠나지 못하면 가까운 산이라도 찾아 하루 이틀을 보낸다. 문명 공해에 호흡 장애라도 겪는 사람처럼 자연을 찾아야 생기가 돋는 것 같다.

울창한 송림의 오솔길을 따라 아이들과 자전거를 타고, 호숫가에 한가로이 앉아 낚싯대도 던지고, 밤에는 모닥불을 피워 놓고 두런두런 이야기를 나눴다.

현대 문명의 발달로 세상이 아무리 살기 편하다 해도 인간은 결국 자연의 일부다. 그래서일까, 산속에서의 하룻밤은 일상사에 지친 마음에 평안을 주었다.

　밤이 깊어 갈수록 별들은 더욱 영롱하게 빛나고, 장작불에 얼비치는 딸의 눈동자 속에도 별빛이 어른대고 있었다.

　행운이라고 해야 할까, 나는 아날로그 시대와 디지털 시대를 두루 섭렵(涉獵)하며 살아왔다. 유년 시절에는 문명에 오염되지 않은 자연에서 초원의 집 아이들처럼 뛰놀며 자랐고, 어른이 되면서는 어지러울 정도로 발전하는 첨단 산업시대에 살고 있다.

　전기밥솥이나 세탁기 같은 가전제품이 출시되었을 당시, 어머니는 "한 손으로도 살림할 수 있겠다."라며 좋은 세상이라고 하셨다. 그런데도 옛날이 그리운 것은 어쩐 일일까. 어머니의 가마솥 밥이 그립고, 밭에서 방금 따 온 호박이나 가지로 나물 반찬을 해 먹던 그때로 돌아가고 싶다. 아마도 이해득실에 얽혀 날로 삭막해지는 인간관계와 고도로 발전해 가는 산업 성장에 낯가림하느라 그런지도 모른다.

　딸네 집이 눈앞이다. 게이트가 열리면 장발의 손자손녀가 맨발로 뛰어나올 것이다. 태어나면서부터 자연 속에 야생화처럼 자라 순수한 영혼을 지닌 아이들이 현시대의 거친 바람을 어떻게 극복하려나 싶어 은근히 걱정도 된다. 하지만 손자의 마음속에는 지칠 때면 위로해 줄 자연이 자리하고 있을 것이다. 어쩌면 문명과 자연을 적절히 조화시켜 살아가는 딸네의 생활 방식이 더 바람직할지도 모른다. 자연 속에서 얻는 마음의 평화야말로 가장 소중한 행복이란 생각이 들기도 한다.

도착을 알리는 경적을 울리려다가 얼른 손길을 거둔다. 행여 오수(午睡)에 빠진 평화로운 자연이 느닷없는 문명의 경적 소리에 놀라 깨지 않을까 싶어 자동차 문을 조용히 열고 내려선다. 산기슭에 피어난 꽃들이 나른한 미소로 반기고, 나무 비녀를 머리에 꽂은 둘째 딸이 현관문을 열고 나온다.

희망을 말하다

　사람들은 저마다 꿈을 품고 산다. 꿈은 곧 희망이며 삶의 원동력이기 때문이다.

　요즘은 살아생전에 꼭 해야 할 일이나 하고 싶은 것들을 적어놓고 버킷 리스트(Bucket List)라 하며 하나 둘 실천해 가는 사람들이 많다. 우리 세대에는 버킷 리스트가 그리 익숙한 용어가 아니지만 나에게도 여건이 허락한다면 꼭 해 보고 싶은 목록이 있었다. 그 첫째가 드넓은 미국 땅을 두루두루 여행해 보는 일이었다.

　나이 들수록 세월은 더 빨리 달아난다 하지 않던가. 다리에 힘이 풀리기 전에, 시야가 흐려지기 전에 어서 실행에 옮겨야지 더 이상 미적거릴 형편이 아닌 것 같았다.

　그래서 언젠가는 구름 따라 물 따라 쉬어 가는 자유로운 여행을 하고 싶었다. 행여 도상에서 만난 들꽃들이 유혹이라도 하면 하룻밤을 더 저들 곁에 머문들 대수겠는가.

　대륙 여행에 나서겠다고 했더니 두 노인네에게는 버거운 노정이라고 자식들이 극구 말렸다. 살만큼 살아온 인생인데 무엇이 두려

우랴. 인터넷으로 여행지를 검색하며 계획을 세울 때에는 몸속 피돌기가 빨라지며 청춘으로 돌아가는 기분마저 들었다.

4월 초순에 캘리포니아를 출발하여 노스캐롤라이나까지 대륙횡단 길에 나섰다. 이번 여행에는 남북 노선을 번갈아 타며 미국을 종횡으로 누비려는 계획을 세웠다. 그러나 여행 이틀째, 발목을 다치는 불상사를 겪게 되고 보니 즐거워야 할 여행이 고단한 길이 되고 말았다. '어차피 인생은 고행길인데 고생 좀 하면 어떠랴.' 일말의 후회도 남기지 말자는 각오로 압박 붕대를 발목에 감고 지팡이에 의지하며 여행을 강행했다. 날마다 새로이 펼쳐지는 자연 경관에 매료당한 채 열한 개 주를 거쳐 장장 일만오천 리(里)를 완주했다.

여행 첫날은 모하비 사막에서 일박을 했다. 갈증의 세월을 참고 견뎌 온 모하비 사막은 모처럼 푸른빛으로 풍요로움을 만끽하고 있었다. 올해는 비교적 흡족하게 내린 비로 모래밭과 바위산이 말끔하게 묵은 때를 씻어 내고 상큼한 모습이었다. 언제 고난의 세월을 겪었느냐는 듯 모하비 사막은 죠슈아(Joshua) 나무를 희롱하는 바람과 더불어 행복에 겨운 웃음을 토해 내고 있었다.

이민 초기에 심신이 고달플 때면 모하비 사막을 찾곤 했다. 뜨거운 땡볕 아래 모진 세월을 견디는 자연을 눈으로 보고 가슴으로 느끼며 내 삶의 아픔 정도는 아무것도 아니라는 위로를 받을 수 있었다. 밤이 깊어도 한낮의 잔열(殘熱)이 남아 있는 모래밭에 누워 하늘을 올려다보면 쏟아질 듯 총총한 별들은 혼돈에 빠져 허우적거리는 나에게 희망의 끈을 내려 주곤 했었다.

모하비 사막은 고난의 세월을 탓하지 않는다. 희망이라는 끈을 끈질기게 부여잡고 꿈을 키워 왔기에 오늘의 풍성함을 누릴 수 있을 것이다.

메마른 사막에서 꿈을 마시고 피어난 들꽃에게 경의를 표한다.

풍
요

연리지 (連理枝) 처럼

　고국을 방문할 때마다 제일 먼저 찾는 곳은 부모님 산소다. 두 분 돌아가신 지가 어언 이십여 년. 짧지 않은 세월이 흘렀건만 부모는 영원한 마음의 고향이어서일까, 애틋한 그리움이 식을 줄 모른다. 가을을 재촉하는 비가 추적추적 내리는 날 집을 나섰다. 언니는 나에게 "네 마음이 많이 아플 거야."라며 염려스러운 표정을 지었다. 고향 땅 선산에서 낯선 타향의 좁은 공원묘지로 이장한 것을 속상해할까 싶어 미리 귀띔해 주는 배려였다. 허나 이제는 자식들도 모두 노인이 되어 때마다 일일이 선영을 찾아뵙기가 어디 쉬운 일인가. 마음을 단단히 여미고 공원묘지로 향했다.

　묘지로 향하는 길 좌우편에는 벼가 익어 가고 고개 숙인 수수 이삭이 바람에 한들거리고 있었다. 평생을 아버지 앞에 고개 숙이고 살면서 손목에 자가품이 나도록 보약을 딜여 바쳤다던 어머니의 모습이 눈앞에 어른거렸다. 애써 몸보신을 해 드리면 엉뚱한 곳에서 진을 다 빼앗긴 채 얼굴에 노랑꽃이 피어서야 돌아오곤 하셨다던 아버지, 요새 같으면 진즉에 갈라섰을 부부였는데 여필종부

랄까, 일부종사랄까, 회혼례까지 치르도록 해로하셨으니 참을 인(忍) 자를 가슴에 새기며 살라던 당신다운 삶이었다.

어머니는 치매로 오륙 년을 고생하셨다. 그런 어머니를 누구보다도 지극정성으로 수발한 분이 아버지였다. 저마다 살기에 바쁜 자식들은 며칠에 한 번 꼴로 얼굴을 내미는 것이 고작이었지만 아버지는 조석으로 어머니를 보살피셨다. 어느 날은 하도 죄송한 마음이 들어 "일평생 아버지께 헌신하더니 이제야 엄마가 그 보상을 받으시나 봐요."라고 아버지께 한 마디 했다. 그러자 아버지는 "네 엄마한테 진 빚, 달러이자로 다 갚는 중이다."라며 껄껄 웃으셨다.

어쩌면 아버지 말씀이 맞을지도 모른다. 오랫동안 자리보존하고 계신 어머니에게 아버지는 지극한 사랑을 보여 주셨다. 젊어 한때 아버지의 바람기는 무언의 저항이며 몸부림이었을 것이다. 열다섯 나이에 부모님이 정해 주신 색시를 맞이했지만 세상사에 눈이 떠졌을 즈음에는 어머니가 당신의 이상형과는 거리가 있었을지도 모른다. 여성스런 애교도 없고, 오직 순종과 헌신으로 남편을 떠받들던 고지식한 아내가 답답했을 수도 있었을 것이다. 그런 아버지가 쇠진하여 말도 잊어 가는 어머니에게 자상하게 일상사를 얘기하며 손발 노릇을 해 주고 있으니 어머니는 행복하면서도 한편으로는 면구스러워하셨을 것 같다. 부부란 결국 두 그루의 나무가 긴긴 세월 함께하면서 어느 틈엔가 연리지(連理枝)처럼 하나가 되는 과정이구나 싶었다.

큰오빠가 선영을 가까운 곳으로 이장하면 어떻겠느냐고 형제들의 의견을 수렴할 적에 나는 서슴없이 수목장을 제의했다. 집 안팎으로 계절에 맞추어 꽃을 피우고 해마다 꽃씨 바구니를 소중히 챙기던 어머니와 각종 관상목을 몸소 가꾸는 데 조예가 남달랐던 아버지도 기뻐하실 거라는 믿음 때문이었다.

수목장은 나무를 선택하여 화장한 유골을 나무 밑에 매장하는 방식이다. 고인이 나무와 더불어 상생(相生)한다는 자연 회귀사상에 부합한 묘지 조성이라 할 수 있다. 더욱이 국토가 비좁은 나라일수록 바람직한 방법이 아닌가.

비가 점차 개이면서 먹구름이 바삐 움직이기 시작했다. 산비탈을 한참 올라 나무와 나무 사이를 헤매며 묘지 주소를 찾았다. 부모님은 작은 비석에 성함 석 자와 가족묘라는 증표만 남겨 놓고 한 그루 향나무로 서 계셨다. 살아생전 같았으면 두 팔로 안아 드렸을 텐데, 봉분이라도 있으면 잡초라도 고르며 쓰다듬었을 텐데 싶어 서운하기가 그지없었다.

"어머니, 아버지. 이곳이 마음에 드세요? 친구들이 많아서 심심하진 않겠네요."

향나무를 마주하고 잔디에 앉아 눈을 감았다. 반갑다 내미는 부모님의 손길인지 향긋한 바람이 얼굴을 스쳤다. 일생을 통해 자식들의 버팀목이 되셨던 부모님, 내가 미국으로 떠날 때에 애절해하시던 모습이 떠올랐다. 자식과 멀리 떨어져 산다는 것이 얼마나 가슴 아픈 일인지 그때는 부모의 심정을 헤아릴 줄 몰랐다.

"어머니, 아버지. 저는 잘 지내고 있어요. 저희 부부도 세월에 순응하며 살다 보니 어느덧 한 몸인 듯 연리지처럼 살아가고 있어요"

떨어지지 않는 발길을 돌리며 먹먹한 가슴으로 하늘을 바라보니 구름 사이로 고개를 내민 태양이 환히 웃고 있었다.

가을에 사는 여자

계절은 가을인데도 한낮 불볕이 수그러들 줄 몰랐다. 시원한 바람이 그리운 어느 날, 가을 여행을 떠나자는 친구들과 길을 나섰다. 때로는 쳇바퀴 돌리듯 반복되는 일상사에서 벗어나고픈 가을 여자들이 시도한 모처럼의 탈출이었다.

들뜬 기분을 안고 엘에이를 출발할 때는 날씨가 청명했다. 모하비 사막 길에 들어서면서 추적추적 가을비가 뿌리기 시작하더니 행선지가 가까워질수록 가는 눈발로 변해 나부끼기 시작했다.

댓 시간을 운전해 비숍(Bisop)에 도착했다. 해마다 잊지 않고 찾아오는 곳이지만 언제 보아도 정다운 작은 마을이다. 이번 여행길엔 때 이르게 눈 덮인 시애라 산맥의 설경을 만끽할 수 있었으니 행운이었다.

올해는 가뭄이 유난이 극심해서일까, 예년 같으면 노란 잎을 팔랑이며 가을바람에 하늘거리던 은사시나무가 다홍 치마저고리를 입었다. 가을 길손은 흰 눈과 붉은 잎이 어우러진 황홀경에 넋을 잃었다.

은사시나무에 카메라 초점을 맞췄다. 한사코 달아나려는 세월을 붙잡아 사각의 렌즈 안에 정지시킨다. 단풍잎들이 최후를 장식하듯 고혹적인 손짓으로 유혹했다. 떠나야만 하는 현실을 인정하고 때가 이르면 언젠가 다시 돌아오려니 믿지만 오늘밤 찬바람에 눈물 되어 흩어질까 안쓰러웠다. 햇살이 나뭇가지에 걸리고, 가을 속 여인의 가슴은 선홍빛 물이 들었다.

은퇴를 하고 나서 일손을 놓아 버리니 얼마 동안은 휴식이 달콤했다. 하지만 기다렸다는 듯이 곧바로 공허감이 찾아들었다. 어려서 겪었던 성장통과는 다른, 자꾸만 위축되는 자존감이 아픔이 되었다. 이순(耳順)이 넘도록 애써 쌓아 왔던 지혜와 경륜이 신세대의 노하우에 밀려 초라해지고 그것을 인정하며 뒷전으로 물러서야 하는 폐왕의 슬픔 같은 무언가가 있었다.

영고성쇠(榮枯盛衰)야말로 자연의 이치가 아닌가. 그럼에도 불구하고 아직도 사그라질 줄 모르는 가슴속 불길이 섭리에 저항하며 청춘에 머물고자 한다. 그리하여 이미 단풍 든 육신과 철이 덜 든 마음이 상충하면서 통증을 유발시킨다.

때로는 여행이 명약이 될 수도 있다. 누구도 대신할 수 없는 심적 갈등은 자연 질서를 통해 그 매듭을 풀어낼 수 있을 것이다.

젊은이들에게 "단풍잎은 왜 빨간색으로 물들까요?"라고 묻는다면 분명히 식물의 광합성 작용 때문이라고 대답할 것이다. 하지만 오랜 세월을 살아온 이들은 논리적인 답변에 고개를 끄덕이면서도 또 다른 답이 가능하다는 개연성을 믿는다. 인간은 이성과 감성의 혼합체이기 때문이다. 스스로 노년을 겪어 보지 않고서는 아무리

설명해도 이해되지 않는 인생의 붉은빛, 세월의 파장만큼이나 미묘하고 섬세한 그 정서를 저들이 어찌 알겠는가.

사람들은 청춘을 아름답다고 예찬한다. 왕성한 열정으로 푸르게 산야를 덮는 계절이니 아름다운 것은 당연하다. 그렇다고 단풍으로 물든 노경(老境)의 인생이 아름답지 않다고 누가 감히 말할 수 있으랴.

가을 인생 또한 아름답다. 황혼의 인생이야말로 마음 그릇에 남겨 두어야 할 것과 쏟아 버려야 할 것이 무엇인지 깨달을 수 있는 나이가 아닌가. 오욕(五慾)과 속연(俗緣)으로부터 어느 정도 자유로울 수 있고, 때가 이르면 낙엽 되어 대지의 밑거름이 되는 데 주저하지 않는다.

눈 덮인 설산을 망원 렌즈로 클로즈업시키니 이곳은 이미 겨울이 시작되었다. 산등성이마다 화려하게 단장한 나무들도 이제 곧 해탈하듯 옷을 벗어 버리고 나목이 될 것이다.

나무는 옷을 벗고도 부끄러워하지 않는다. 찬란했던 시절을 결코 허송하지 않았다는 자존감으로 사뭇 당당하다. 상큼한 갈바람이 옷깃을 스치며 가을을 사는 여자일수록 할 일이 더 많다고 속삭였다. 그렇다. 누군가의 마음 밭에 뿌려질 고운 단풍이 되려면 부지런히 일어서야 되리라.

가을 편지

　선생님, 그동안 저의 생활에 변화가 있었습니다. 오랫동안 운영해 온 사업에서 손을 떼고 공원 인근 아담한 집으로 옮겼습니다. 집에서 20여 분 거리에 호수가 있어 산책하기에 안성맞춤이지요. 제철 만난 야생화들은 제각기 입술을 벌려 향내를 뿜어냅니다. 매일 저들과 일일이 눈인사를 나누고 야생 토끼나 다람쥐들과도 낯설지 않다 보니 수백 에이커의 공원이 마치 우리 집 정원처럼 느껴집니다.

　노란 꽃이 만발한 수초와 푸른 부들 사이로 청둥오리가 호수에 노닙니다. 빨간 열매를 주렁주렁 매달고 수양버들처럼 늘어진 페퍼 트리, 늠름한 오크나무, 키다리 야자수 등 온갖 종류의 나무들이 어우러져 마치 도시 속의 오아시스 같답니다.

　물안개가 호수 위로 나지막이 번지는 이른 아침이면 떠오르는 햇살이 물 위에 오색 비단실처럼 드리우고 부지런한 새들이 무리지어 깃털을 다듬는 평온한 공원이랍니다.

　호수 끝자락에서 오른편으로 보이는 고즈넉한 야산으로 향하다

보면 몇 갈래 오솔길이 정겹게 뻗어 있습니다. 산 입구에 야생생태 공원이라는 팻말이 보입니다.

산길을 따라 걷다 보면 여기저기 널찍널찍한 공터들이 남아 있습니다. 청소년을 위한 야영장이었는데 요즘은 사용하는 사람들이 별로 없나 봅니다.

처음 야산을 오를 때만 해도 산자락이 온통 쓰레기로 덮여 몸살을 앓고 있었습니다. 공원 관리 요원들이 있지만 야산까지는 손이 미치지 못하는 듯했습니다.

쓰레기를 치워야겠다는 생각이 들었습니다. 이 천혜의 자연을 내 집 정원이라 여기면서 좀 수고한들 어떻습니까. 혜택을 받는 자의 당연한 의무로 여겼지요.

십여 일 동안 대형 쓰레기 봉지 서너 개씩을 채워 소각했습니다. 허리가 좀 아프기는 했지만 날이 갈수록 깨끗해지니 보람도 있고 재미도 있었습니다. 그러다 보니 자연 경관을 둘러보기보다는 허섭스레기들만 쫓아 다녔습니다. 휴지 조각인가 싶어 다가가 보면 하얀 야생 나팔꽃이 방긋거리고 있었습니다.

요즘에는 야산을 오르내릴 때 마켓 봉지로 두세 개 정도면 쓰레기를 줍기에 충분합니다. "청소하십니까? 수고가 많으시군요."

지나가던 산책객들이 미소 지으며 인사를 걸어오면 마음이 뿌듯합니다.

"예. 좋은 아침입니다."

저도 넉넉한 마음으로 인사를 건넵니다.

처음에는 남들이 무슨 경범죄라도 저질러 죗값으로 사회봉사를 하고 있나, 아니면 빈병이나 깡통을 주워 생활하나 오해할 것 같았습니다. 그래서 가급적이면 새 운동복을 골라 입고 운동화와 모자도 색상에 맞추고 나름대로 옷차림에 신경을 썼습니다.

이 나이에 들도록 타인의 시선을 의식하다니, 아직도 내 안에는 쓸데없는 허세가 남아 있는 모양입니다.

생업에 쫓길 때에는 마음은 있어도 이 핑계 저 핑계를 대며 실천하지 못했던 일들이 많았습니다. 병원 봉사에 참여해 붕대라도 말고, 양로원을 방문해 노인들 머리라도 손질해 주고 싶던 작은 봉사도 생각뿐이었습니다.

"우물쭈물하다가 내 이럴 줄 알았지."

극작가 버나드 쇼의 묘비명에 그렇게 쓰여 있다지요. 대문호다운 위트입니다. 정말 나야말로 어영부영 세월만 축내며 사는 것이 아닐까 조바심이 들 때도 있습니다.

쓰레기 소각장 잔불을 정리하고 나무 그늘에 앉아 보온병에 담아 온 커피를 마시면 시간에 쫓기고 허둥지둥 살아온 시간들이 먼 옛이야기같이 느껴집니다. 나이 든다는 것이 꼭 나쁜 것만은 아닌 듯싶습니다. 젊었을 때와는 달리 조금 더 넉넉한 가슴으로 세상을 안을 수 있으니 말입니다. 이제부터라도 타인의 시선에 얽매이지 않고, 번잡한 마음을 비워 내고, 억지 꾸밈이 없는 야생화 같은 자연인이고 싶습니다. 화려하진 않아도 함께하면 편안한 그런 향긋한 사람 말입니다. 호숫가에서 불어오는 바람을 타고 야생화 향기가 코끝을 적십니다.

이 상쾌한 아침에 그리움 실어 선생님께 가을 편지를 띄웁니다.

팔자타령

문우들과 데스밸리로 문학 기행을 다녀왔다. 여러 번 다녀온 곳이지만 갈 때마다 덥고 메마른 땅에서 살아가는 초목을 보면 팔자(八字)라는 단어의 의미를 생각하게 된다.

기름지고 아름다운 산야도 많으련만 무슨 팔자가 그리 기구하여 고독의 땅이자 죽음의 땅이라 일컫는 곳에 태어났을까. 저들에게 물어본다면 무슨 얘기를 들려줄지 가슴을 열고 허심탄회하게 대화를 나눠 보고 싶었다.

새벽녘에 숙소를 빠져나와 모래밭에 맨발을 묻고 서 있었다. 별들도 잠자리에 들었는지 사위는 어둠에 쌓이고 적막감만이 감돌았다. 세상이 정지되었나, 아니면 시원의 골짜기에 들었나, 무상무념에 빠져드니 자연과 한 몸이 된 것 같았다. 마치 사막에 외로이 서있는 한 그루 나무가 된 듯했다.

만 년 세월이 첩첩한 기암 봉우리 위로 태양이 용트림치자 고요가 일시에 달아났다. 붉은 햇살이 무당집 벽 울긋불긋한 그림처럼 하늘로 퍼져나갔다. 어디에선가 북소리가 들렸다. 샛노란 꽃을 힘겹게 피워 낸 가시나무가 두둥실 춤을 추고 덤불초가 대그르르 굴렀다. 어쩌다 황량한 벌판에 태어나 이리 고독한 신세가 되었느냐 탄식하는 소리가 들렸다. 어디선가 한풀이 굿판이 벌어지고 있었다.

"비나이다. 비나이다. 신령님께 비나이다. 부잣집 정원에서 사시사절 보살핌 받는 나무처럼 사랑받기 원치는 않습니다. 다만, 가슴 속 깊이 달라붙는 이 외로움만은 거두어 주시옵소서."

한동네 소꿉친구 신순이가 있었다. 신순이 엄마가 이유도 없이 시름시름 앓더니 죽음의 문턱을 넘나들었다. 축 늘어진 아내를 들쳐 업은 신순 아빠가 병원으로 허둥지둥 달려가는 모습이 여러 번 목격되었다. 동네 사람들은 신병(神病)이 분명하다며 신순 엄마의 기막힌 팔자를 동정했다.

무당만은 절대로 못 하겠다던 신순이 엄마가 내림굿을 받고 무당이 되었다. 새 무당이 용하다며 점치러 오는 사람들로 문전성시를 이루었다. 어느 날 어머니 따라 그 집에 가 보니 바람만 불어도 쓰러질 것같이 연약하던 여인이 종이꽃 고깔을 쓰고 맨발로 작두 위에서 신기 어린 춤판을 벌이고 있었다. "팔자 도둑은 못 하는 겨." 어머니가 한숨 쉬며 말씀하셨다.

나는 감았던 눈을 떴다. 어느새 태양빛은 세월을 겹겹이 안고 있는 암벽을 색색으로 물들였고 생동감 넘치는 나무들이 한눈에 들어왔다.

데스밸리의 모든 생명들이 일제히 두 손을 들고 새날을 찬미하는 것 같았다. 억겁을 안고 사는 소금밭에는 햇살과 속삭이는 간지러운 교성이 들리고, 암벽 틈에 뿌리를 내린 꽃나무는 모든 것이 감사하다는 듯 후덕한 미소를 지었다.

흔히 데스밸리를 절대 고독의 땅이라 부른다. 그러나 이 험난한 곳에도 절대 고독은 존재하지 않았다. 단지 마음에 추위를 타는 사람들이 허상의 틀에 갇혀 자신의 고독을 나누려 만든 선입견에 지나지 않았다.

한풀이 굿판은 나를 위한 것이었다. 만리타향을 살아가는 외로움을 걷어 내고자 벌인 굿판이었다. 자연에게 팔자타령이 없다면 인간에게도 팔자타령이 있을 수 없다.

불볕더위에서도 의연한 데스밸리의 자연을 닮아야 하리라.

앞치마

앞치마를 새로 장만했다. 디자인과 색상이 다른 서너 벌을 펼쳐 놓고 이리저리 생각해 본 끝에 그중 하나를 골랐다. 동행한 친구가 뭘 그리 까다롭게 고르느냐고 하지만 손녀를 돌봐 주고 있는 요즘은 매일 입고 살다시피 하는 앞치마이기에 외출복 못지않게 신중한 선택이 필요했다. 어린 손녀가 좋아할 것 같은 연청색 바탕에 노란 꽃무늬가 화사하게 프린트된 것으로 정했다.

나의 앞치마는 두 살배기 손녀가 까꿍 놀이를 하는 눈가리개이며 숨바꼭질할 적엔 은신처가 된다. 할아버지와 숨바꼭질을 하다가 할미의 앞치마 자락에 얼굴만 묻고도 꼭꼭 숨었다고 믿는다. 그럴 때면 아기의 숨결이 따스하게 느껴져 행복을 한 아름 안고 있는 듯싶다. 앞치마는 손녀의 그림책이기도 하다. 꽃무늬를 손가락으로 가리키며 원, 투, 쓰리 숫자를 세기도 하고, 블루, 옐로우 하며 색깔 공부도 한다. 이렇게 사랑스런 손녀가 먼 훗날 성인이 되어도 할미와 놀던 시절을 기억할까. 조금은 어리석은 욕심을 내본다.

내 어머니는 발목까지 덮는 긴 행주치마를 늘 입고 계셨다. 방학을 맞아 고향집으로 내려가면 대문 밖에서 서성이는 어머니가 제일 먼저 눈에 띄곤 했었다. 어머니에게 달려가 품에 안기면 음식 냄새와 혼합된 어머니의 체취가 아늑함을 주었다. 반가움에 눈물이라도 글썽이면 깨끗한 행주치마 자락을 골라 눈언저리를 닦아 주셨다. 어머니의 행주치마는 용도가 다양했다. 부엌일은 말할 것도 없고, 동무들과 뛰놀다 땀범벅이 된 얼굴을 훔쳐 주는 수건이 되었으며, 텃밭에서 콩을 따거나 호박잎을 뜯을 때에는 바구니가 되었다. 가끔 이웃집에 마실 가셨다가 돌아오시며 사탕이나 과자 같은 주전부리를 갈무리해 오는 보자기로도 쓰였다.

어머니는 언니들을 시집보낼 적마다 손수 만든 서너 벌의 행주치마를 혼수 속에 끼워 넣으며 신신당부하듯 부덕(婦德)을 가르치기도 하셨다. 어린 내가 어머니 말씀을 듣고 있자면 행주치마는 자유를 속박하는 여인의 굴레인 듯싶었다.

그래서인지 나는 요리할 때조차도 앞치마를 별로 즐겨 입지 않았다. 아마도 그건 항상 행주치마를 허리에 졸라매고 사신 어머니처럼 헌신적인 삶에 자신이 없어서 굳어진 자기변명이며 자기합리화였는지도 모른다. 그럼에도 적잖이 세월이 흐르고 나니 그 시절의 추억에 젖어 드는 경우가 많아졌다. 이제는 앞치마가 상징하는 의미가 무엇인지 깨달았기 때문이다.

행주치마와 앞치마는 쓰임새가 같지만 정서적 뉘앙스는 좀 다른 것 같다. 행주치마가 여인의 전용물이었다면 앞치마는 남녀 불문이다. 남자가 작업실에서 앞치마를 두르면 전문직에 종사한다는 뜻이고, 남편이 가정에서 걸치면 애처가로 인정받는다. 또한 남녀 유별이라는 오랜 인습의 굴레를 끊을 뿐더러 한 걸음 더 나아가 부부 사랑을 가늠하는 상징물이 되었다.

비록 다른 옷들처럼 장롱 안에 걸리지 못하는 신세이기는 하나 언제나 생활의 최전선에서 제 몫을 다한다. 제대로 대접받지 못해도 구겨진 옷처럼 볼품이 없다고 부끄러워할 줄도 모른다. 오히려 주름지고 더러워질수록 큰일을 해냈다는 자부심을 갖는다.

앞치마는 소중한 삶의 의미와 생활의 가치를 내포하고 있는 작업복이다. 앞치마를 입고 일을 계속할 수 있다는 것은 지복(至福)이라 할 만하다. 세상사는 생각하기 나름이 아닌가. 공연히 선입견에 매여 행주치마나 앞치마를 폄하하는 것처럼 우매한 짓은 없으니 말이다.

오는 주말에는 상점에 들러 몇 벌 더 사야겠다. 부엌에서는 줄무늬를, 정원에 물을 줄 때는 물방울무늬를, 글을 쓸 때는 문자무늬를, 그리고 손녀와 놀 때에는 꽃무늬 앞치마를 골라 입어야겠다.

할머니의 사과나무

태풍이 휩쓸고 지나간 과수원에 채 영글지 못한 사과들이 무수히 떨어져 너부러져 있다. 낙과를 바라보며 망연자실하는 농부의 모습이 텔레비전 화면 가득히 슬픔으로 채운다. 농부에게 있어 작물은 꿈과 희망이며 삶의 원동력이다. 공들여 보살피고 가꾼 노력의 결과가 하루아침에 물거품이 되었으니 어찌 마음을 쉽사리 추스를 수 있으랴. 내 가슴도 저려 온다.

한여름 무더위를 피해 길 떠난 관광지에서 딸네 집을 방문했다는 한 할머니 가족과 동행하게 되었다. 할머니의 딸은 미국에서 박사학위 과정을 밟고 있는 중인데 어머니가 오셨으니 효도 관광차 아이들과 함께 여행길에 오른 것이다.

여행 일정 내내 거동이 불편해 보이는 할머니는 천방지축 뛰노는 아이들 뒤꽁무니를 따라다니느라 잠시도 쉴 틈이 없어 보였다. 그럼에도 애 엄마는 마치 남의 일이라도 되는 것처럼 손가락 하나 까딱하지 않았다.

기착지의 호텔 수영장에서 할머니와 대화를 나눴다. 딸은 비치

파라솔 밑에 앉아 맥주를 마시며 망중한을 즐기고, 할머니는 수영장 곳곳을 덤벙대며 뛰노는 장난꾸러기들을 주시하느라 신경을 곤두세우고 있었다. 보기에 하도 안쓰러워 나도 모르게 한 마디 건넸다.

"제 어미더러 애들을 돌보라 하고 쉬세요."

내 말에 위로가 되었는지 아니면 관심을 고맙게 받아들였는지 할머니가 살아온 세월을 한동안 풀어놓더니 결론짓듯 말씀하셨다.

"어떻게 설익은 사과나무를 흔들겠어요? 아직 공부가 남았다니까 조금 더 참아야지요."

나도 사 남매를 낳아 키웠지만 할머니의 자식 사랑은 유별스러워 보였다.

일찍이 청상과부가 되어 두 딸을 키웠다는 할머니에게 큰딸은 마치 상전이나 되는 듯싶었다. 작은딸과 함께 가게를 운영하면서 큰딸의 유학 뒷바라지를 한다고 하셨다. 또한 손주가 태어나면 공부에 방해될까 싶어 서울로 데려다가 키우신단다.

할머니의 마음은 충분히 이해되지만 성치 않은 몸으로 애쓰는 모습이 참으로 딱해 보였다. 박사과정이 끝나고 나면 과연 그 딸이 이웃과 사회에 공헌할 수 있는 바람직한 사람이 되는 것일까.

요즘 항간에 자식에 관한 우스갯소리가 있다. 공부 잘하는 자식은 나라에서 차출해 가고, 돈 잘 버는 자식은 사돈집 식구가 되고, 근근이 살아가는 자식만이 제 몫으로 남는다고 한다. 부모 입장에서 보면 자식들이 자라서 나라의 동량이 되고 사돈댁뿐만 아니라 이웃과 사회를 위해 봉사하는 참 일꾼이 되는 것처럼 자랑스럽고 흐뭇한 일이 어디 있겠는가. 그야말로 자식을 낳아 기른 보람일 것이다.

할머니가 작은딸 이야기를 하시며 흐뭇한 미소를 지으셨다. 어미 곁을 지키면서 동반자 겸 보호자의 역할을 해 주는 딸이 기특하고 고맙다고 했다. 뿐만 아니라 언니 뒷바라지에 불평 한마디 없는 심성이 대견하면서도 미안하다고 했다. 사람은 저마다 개성도 다르고 능력에도 차이가 있다. 부모는 자식들의 학식과 성공 여부에 따라 사랑을 할당하지 않는다. 다만 각자의 소임과 도리를 지키며 세상에 향기로운 사람이 되기를 기대하며 정성을 쏟는다.

설악은 사과나무를 흔들고 간 바람은 다시 소슬바람으로 찾아와 농부의 이마에 흐르는 땀방울을 식혀 줄 것이다. 비록 힘들고 아플지라도 좌절하지 않고 다시 일어나 애정을 기울이는 사람이 농부이며 부모이리라. 할머니의 사과나무에서 풍성한 수확이 있었으면 좋겠다. 오랫동안 기다린 달콤한 결실에 행복한 미소를 짓는 할머니를 그려 본다.

흠뻑 취한 날

　해발 5,500피트의 팔로마 마운틴(Palomar Mountain) 정상에서 하이킹 코스를 따라 걷는다. 산속에는 삼나무, 향나무, 잣나무 등 아름드리나무들이 어울려 숲 향기가 그윽하다. 시원의 흔적이 남아 숨을 쉬고 있는 자연은 일상사의 분진으로 어지럽혀진 심신에 아늑한 쉼터가 된다. 나무숲에서 새들이 퍼덕이며 구름 한 점 없는 가을 하늘에 노랑나비 한 쌍이 사랑을 희롱한다. 오늘따라 숲의 정경이 마음에 젖어 들어 콧날이 시큰해지니 어찌된 일일까.

　계곡을 따라 흐르는 물이 모여 자그마한 못을 이루었다. 한가로이 노닐던 물고기들이 인기척에 놀라 바위틈으로 숨어든다. 펑퍼짐한 바위에 앉아 준비해 온 도시락을 들며 밥알을 던져 주니 송어 새끼 두 마리가 살그머니 다가와 야금야금 받아먹는다.

　"안녕? 이 깊은 산골짜기에서 너희들을 만나다니 참 반갑구나."

　송어와 말벗을 하며 맑고 차가운 물에 발을 담그니 신선놀음이 따로 없는 듯싶다.

　눈부신 태양, 소(沼)에 잠긴 푸른 하늘, 물그림자를 끌고 떠가는 낙엽. 요즘은 사람뿐만 아니라 자연과의 만남에도 왜 이리 가슴이 설레고 고맙게 느껴지는지. 무심히 지나쳤던 인연들조차 하나같이 소중하게 여겨지니 세월 탓인가 보다.

며칠 전 서울에서 남편의 후배 부부로부터 연락이 있었다. 미국 여행길에 잠시 만나 회포를 풀고 싶다고 했다. 반가운 소식에 오랫동안 잊고 지내던 젊은 날의 기억들이 새롭게 솟아올랐다. 첫아기가 태어나자 병실로 찾아와 손수 만들었다며 건네주던 빨간 장미한 송이가 아직도 가슴속에 사랑으로 피어 있었다. 얼마나 정신없이 살아왔으면 여태껏 잊고 지냈을까. 그들을 만나려 나서는 발걸음에 봄날의 추억들이 앞장서서 걸었다.

설레는 마음으로 호텔 로비에 들어서니 환한 미소로 맞아 주는 그들도 어느새 가을 부부가 되어 있었다. 은퇴 후 작가로 거듭나 문인 활동을 하고 있다고 했다. 서로 작품집을 교환하며 같은 길을 걷는 우리들의 인연을 위해 축배를 들었다. 비록 수십 년을 동서로 헤어져 가을에서야 재회했지만 그 흘러간 세월이 결코 헛되지 않았던 것 같았다. 마치 만산홍엽(滿山紅葉)을 마주 대하는 것처럼 정감이 새로웠다.

산은 늘 그곳에 있어 마음만 내키면 언제라도 찾아 나설 수 있다. 왜 이리 늦었느냐 타박 없이 잔잔한 미소로 넉넉하게 가슴을 열어 준다. 그 품에서 숲 향기에 젖어 새들의 지저귐에 귀를 기울인다. 산처럼 곁을 지키는 사람들, 전생에서 맺은 억겁의 인연이 있어야 이승에서 잠시 스친다는데 인생길에서 만나 더불어 정을 나누는 사람들은 얼마나 소중한 인연인가.

오순도순 살아가는 나무들이 있었다. 어느 날 뽕나무가 참지 못하고 '뽕' 하고 방귀 소리를 냈다. 그러자 대나무가 "댓기놈" 하고 나무라니 참나무가 점잖게 "참아라." 했다는 어릴 적 들은 이야기가 있다. 인간 사회에도 이러저러한 사람들이 모여 산다. 개성과 가치관이 서로 달라 걸핏하면 불협화음을 만들지만 금세 화음을 되찾아 사람 냄새 풍기는 아름다운 세상을 이룬다. 한 그루 나무만으로는 숲을 이룰 수 없다.

문 밖을 나서면 마주치는 이웃들, 오래도록 우정을 나누는 친구들, 그리고 서로 이끌어 주는 문단의 선후배들, 그들과의 인연이 있기에 내 마음의 정원은 향기로운 숲이 된다. 가을 마중 길답게 상록수 사이로 곱게 물든 몇 그루의 나무가 보인다. 뒤돌아서서 남편을 바라보니 빨간 모자를 눌러쓴 얼굴에 단풍이 한창이다. 푸르던 시절을 보내고 이날까지 자연을 함께 찾을 수 있다니 새삼 고맙고 복된 인연이란 생각이 든다.

오늘은 내가 가을 정취에 흠뻑 취했나 보다.

밥상 위 작은 행복

한 줄기 바람이 스치니 단풍잎이 우수수 떨어진다. 어느새 준비한 붉은 옷 갈아입고 홀가분한 양 허공을 맴돌다가 땅 위에 몸을 눕힌다. 단풍잎 위에 가을 햇살이 애도의 눈물방울처럼 반짝이고, 나는 숙연해지는 마음으로 청자빛깔 하늘을 올려다본다. 위대한 자연이 빚어내는 가을 정경 앞에서 거역할 수 없는 인간사 순리를 생각하며 겸허해진다.

인생의 가을에 들어선 사람에게도 마음속엔 낙엽이 진다. 울창한 숲을 이루었던 지난날의 추억을 반추하며 자꾸만 힘이 빠지는 어깨를 추스르며 살아간다. 한때는 누군가의 그늘이 되어 주었고, 힘들여 끌어올린 맑은 물로 목마름을 채워 주던 시절도 있었다.

세월은 그동안 주어진 역할에 충실했으니 이제 등에 짊어진 삶의 무게를 내려놓으라 한다. 낙엽처럼 가벼이 옷을 벗으라 한다. 그 옷은 마음을 비우는 것, 자랑도 원망도 후회도 없이 가을 나무를 닮으라 한다. 빈 벤치에 앉아 낙엽을 바라보는 노인의 텅 빈 동공 속에는 인생의 덧없음이 묻어난다.

남편이 은퇴를 하고 나면 아내들이 가장 힘들어하는 일은 하루 세 끼 식사를 준비하는 일이다. 평생을 수고한 남편에게 이제는 편히 쉬시라 하고 싶어도 어느 사이 아내의 얼굴에도 빨간 단풍이 물들었다. 옛날 같으면 며느리가 차려 주는 밥상을 받을 나이지만 핵가족이 보편화된 현시대에서 남편 챙기는 일은 오롯이 같이 늙어 가는 아내 몫이 될 수밖에 없다.

이식이 삼식이라는 신종 언어가 친구들 사이에서 가볍지 않은 화두로 입에 오르곤 하니 나도 인생의 가을이 깊어 가는 것을 실감한다. 어느 친구가 아침은 맥도날드에서 먹고, 점심은 헬스장에서 해결하고, 저녁 한 끼만 차려 주는데 그것도 마켓에서 사 온 반찬을 그릇만 바꾸어 놓는 수준이라고 한다.

요즘 텔레비전에서는 집에서 쉽게 음식을 만들 수 있도록 가르쳐 주는 요리 프로가 많다. 그래서인지 부엌은 여자만의 공간이라는 개념이 허물어지고 남자들도 즐거이 요리 솜씨를 발휘해 가족에게 사랑을 전하는 추세다.

산책길에서 어느 집 앞을 지나는데 부부가 부엌에서 저녁을 지으며 무슨 이야기를 하는지 즐거운 웃음소리가 창 너머 바깥까지 들려왔다. 그들은 함께 만든 요리를 사랑이라는 그릇에 담아 행복이라는 맛을 음미할 것 같아 나도 덩달아 즐거웠다.

남편 덕분에, 아내 덕분에, 서로의 수고에 감사하며 여생을 살아간다면 마음이 허전해지는 이 계절도 잘 익은 한 잔의 와인을 마신 것처럼 행복이 촉촉하게 스며들 것이다.

가을은 지난날 못다 한 부부의 정을 단풍잎처럼 사랑으로 곱게 물들이는 계절이다. 곁에 있어 주어 고맙다는 애정 표현도 하고, 긴 세월 동안 알게 모르게 할퀸 생채기들을 쓰다듬으며 따사로운 햇살을 즐길 때다. 행여 또 미루고 나면 영원히 후회만 남게 될 시간이 넉넉지 않은 계절이기도 하다. 나는 빈 들에서 자연의 소리를 들을 수 있는 지금이 행복하다. 우리 집 삼식 씨와 함께 막국수를 말아 먹을지라도 밥상 위에서 작은 행복을 누릴 수 있으니 내 인생의 가을은 축복이라고 할 수 있으리라.

기
다림

껍데기여 영원하라

칠십 중반에 들어선 노인 셋이 앉아 소주잔을 기울인다. 얼굴에 묻어 있는 세월쯤이야 대수냐는 듯 주름진 얼굴에 웃음꽃이 핀다. 돼지 껍데기를 안주로 씹으며 고국의 정치판 이야기에 열을 올리는, 남이 보면 그들은 대단한 애국자들이라 여길는지 모른다.

술은 행복의 매체요 전도체라는 것이 평소 그들의 지론(持論)이다. 그 행복을 좀 더 건설적이고 생산적인 것에서 찾았으면 얼마나 좋았으랴. 혹시 술 탓은 아닐까, 세 노인 모두 세월을 앓는 병색이 완연하다.

십수 년 전만 해도 '일, 삼, 오, 칠, 구'라며 빈 술병을 테이블 위에 쌓아 대더니 몇 년 전부터는 각기 한 병으로 주량이 줄어들었고 작년부터는 소주 한 병을 놓고 셋이서 나눠 마신다. 행여 피 같다는 술을 한 방울이라도 흘릴세라 아껴 마시는 모습에 세월의 무게를 실감한다. 어느 사랑이 이토록 지고지순할 수 있으랴. 반세기를 훌쩍 넘기고도 못 말리는 질긴 술 사랑이다.

한창 나이엔 조국 근대화와 국력 신장에 한 몫을 담당했던 저들이다. 백만 불을 달성한 업체에게 정부가 수출탑상을 수여하며 이를 기리던 시절, 그들은 청춘을 저당잡히고 주말도 반납한 채 일에 파묻혀 살았다. 술 좀 덜 마시라고 잔소리라도 할라치면 술은 삶의 활력소요 역사라는 수레바퀴의 윤활유라고 억지를 부렸다. 성사가 불투명한 거래도 술의 힘이 있어 술술 풀린다고 했다. 아내들은 심정적으로는 동의할 수 없지만 하늘같은 남편이 그렇다고 하니 믿는 체하며 열심히 술국을 끓여 댔다. 반주 정도라면 누가 말리랴. 반주는 약주라는 말도 있지 않은가.

어느 날 고주망태가 된 남편이 하도 걱정되어 한소리를 했더니 "밥은 바빠서 못 먹겠고, 죽은 죽어도 못 들겠고, 술은 술술 잘 넘어간다."라며 너스레를 놓았다.

처음엔 사람이 술을 마시지만 나중엔 술이 사람을 마신다는 술꾼들의 이야기가 있다.

술이 진짜 보약이 될 수만 있다면 세상 아내들은 매일같이 몸놀림도 가볍게 콧노래를 부르며 술상을 차려낼 것이다. '술 드세요, 어서 한 잔만 더 드세요.'

젊어 한때 주모 노릇을 자청한 적이 있었다. 어느 날인가, 어쩌다 맨 정신으로 일찍 귀가한 남편을 위해 푸짐한 안주를 곁들여 막걸리 술상을 차려 냈다. 술청을 독차지하고 앉아 기고만장해진 손님이 젊은 주모를 집적대며 큰소리쳤다.

"막걸리 잔은 뚝배기가 제격이고, 예쁜 주모가 잔을 쳐야 술맛이 나는 법이야."

나는 영화나 드라마에서 본 것은 있어서 조그만 오지항아리 뚜

껑을 술잔으로 대령하고 부리나케 한복으로 갈아입고 술시중을 들었다. 그야말로 자식들 과외비를 충당하려 남편의 주머니를 노린 술어미 노릇이었다.

오랜 세월, 근면한 사회의 역군으로, 한 가정의 성실한 가장으로 살아온 가파른 삶에 그래도 술이라는 벗이 있어 그나마 고난의 나날을 극복할 수 있었을 거라고 믿는다. 하지만 생기발랄하던 저들이 세상 풍파에 시달려 가뭄 앓는 나무 껍데기처럼 시들어 가는 모습을 보니 안쓰럽기 짝이 없다.

얼마 전 인터넷 신문에서 꽤 유명한 논객이 쓴 글을 읽었다. 제목이 <86 껍데기는 가고 97 그룹 40대는 나오라>였다. 내용인즉 60년대에 태어난 80학번 장년들도 물러나고, 70년대에 태어난 90학번 젊은이들이 전면에 나서라는 이야기였다.

아니, 86세대마저 껍데기라며 물러서라니, 그럼 저들 삼총사처럼 40년대에 출생한 60학번 늙은이들은 어쩌란 말인가. 논자(論者)가 글에서 인용한 신동엽 시인의 <껍데기는 가라>라는 시의 본질을 의도적으로 왜곡한 노인 폄하가 아닐까 싶었다.

누가 나이를 먹고 싶어서 먹었나. 한 발짝 한 발짝 인생길을 걷다가 마지못해 울며 겨자 먹기로 먹은 나이가 아닌가. 윤기가 짜르르 흐르는 살갗도 껍데기요, 세월 먼지가 덕지덕지한 피부도 껍데기이긴 마찬가지다. '너는 늙어 봤냐. 나는 젊어 봤다.'라며 따져보고픈 심정이었다.

껍질은 보호막이며 방어막이다. 국경이 있어 나라가 존립하고, 포장이 있어 상품 가치가 돋보이고, 살갗이 있어 속실이 보호된다.

힘없고 외로워도 지나간 세월을 반추하며 스스로를 위안 삼는 노인들을 쓸모없는 껍데기로 취급하다니, 너무 야박스럽지 아니한가. 문득 어머니의 말씀이 생각난다. 어린 손녀가 부엌일을 하고 있는 제 어미의 치마끈을 잡고 늘어지며 보채니 "제 껍데기라고 좋아서 그러는데 안아 줘라." 하시며 웃으시던 기억이 새롭다.

한 달에 한두 번 갖는 술좌석에는 아내들도 참석한다. 남편의 대리 운전사 노릇을 해야 하기 때문이다. 고국에서 미국까지 반세기를 함께한 끈끈한 우정이 이어지는 소중한 자리다. 아내들은 전혀 새로울 것이 없는 이 자리가 가끔 곤욕스러울 때도 있다. 귀에 딱지가 앉을 정도로 듣고 또 들은 늙은 오빠들의 첫사랑 이야기, 군대 이야기, 정치판 이야기를 흘려듣기조차 고역일 때가 많지만 한편으로는 다행이라는 생각도 든다.

삶의 태도나 화제가 급격히 변하면 좋은 소식보다는 나쁜 소식일 가능성이 더 높은 세대가 아닌가.

'껍데기라도 좋다. 낡은 테이프를 다시 돌려도 괜찮다. 껍데기여, 영원하라.'

인연의 덫

달빛이 하도 밝게 스며들어 창문의 블라인드를 걷어 올리니 뭉 텅하게 가지가 잘려 나간 아름드리 페퍼 트리가 한눈에 들어온다. 해마다 가지치기를 해 주어도 두세 달만 지나면 잎이 무성하게 돋 아나 하늘을 뒤덮는 생명력이 질긴 나무다. 아직은 벌거벗은 채 스 산하게 드러난 뼈대가 보기에 안쓰러운데 그 빈자리로 밤이면 반 가운 손님이 찾아든다.

자정 무렵 침대에 누우면 바람 스치는 소리, 마른 잎 구르는 소 리에 뒤이어 한월(寒月)이 품속으로 파고든다.

달은 그리움의 상징이다. 우주인이 발자취를 남긴 후 신비감이 다소 훼손되었지만 달은 예나 지금이나 여전히 그리움의 진원지로 남아 있다. 그래서인가, 내가 사랑하고, 나를 사랑하던 사람들이 세상을 등진 후 달에서 지상을 내려다보고 있을 것만 같다.

곁에 있을 성싶은데 아무리 둘러봐도 보이지 않고, 다정한 목소 리가 들릴 법도 한데 귀 기울여도 기척이 없는, 이승에서는 도저히 재회할 수 없는 그리운 인연들이다.

불교에서는 억겁(億劫)을 거쳐야 이승의 속연(俗緣)으로 재회한다고 한다. 그리도 소중한 인연이건만 회자정리(會者定離)라 했던가, 달을 쳐다보고 있자니 별리(別離)의 아픔이 새삼스럽다.

그리움은 아쉬움일지도 모른다. 언제나 변함없이 마음의 고향으로 추억되는 부모님, 사회에서 만나 정을 나눈 사람들, 각기 다른 사연으로 먼저 떠난 자리에는 사랑을 빚진 내가 남아 저들을 그리워하며 나뭇가지에 걸린 보름달처럼 한기를 느낀다.

무슨 전생의 인연이 남아 있어 하고많은 사람들 중에 아쉬운 바람으로 곁을 스쳐 갔을까. 혹여 그들도 나를 못 잊어 달빛으로 기웃대는 것이 아닐까.

사람들은 누구나 인연의 속박으로부터 자유로울 수 없다. 하지만 자의든 타의든 한번 맺어진 인연은 오늘의 나를 지탱해 주는 삶의 자양분이요 지혜의 샘이기도 하다.

지구상에는 80억에 가까운 사람들이 살아가고 있다. 그들 중 이날 이때까지 나와 인연의 끈을 놓지 않고 지내는 사람은 소수에 불과하다.

뒤돌아보면 인연 중에는 선연(善緣)도 악연(惡緣)도 있었다. 좋은 인연이려니 믿고 마음을 열었더니 상처만 남기고 떠난 사람이 있는가 하면, 한 번 스치는 바람이려니 여겼던 사람에게서 끈끈한 인간미를 느끼기도 한다. 어차피 인간은 시행착오를 반복하며 삶을 영위하는 사회적 존재가 아닌가.

혜민 스님은 "좋은 인연이란 시작이 좋은 인연이 아니라 끝이 좋은 인연이다."라 했다. 이해관계로 얽힌 속연은 지속성이 약하다. 상호 신뢰와 사랑으로 이어진 인간관계만이 영속성이 가능한 좋은 인연으로 유종의 미를 걷을 수 있을 것이다.

며칠 전, 우연히 만난 여인과 긴 이야기를 할 기회가 있었다. 대화를 나누다 보니 그녀의 일생이야말로 드라마에서나 있음직한 파란만장한 삶이었다. 고등학교를 졸업한 후 도시로 나가 점원 생활을 하던 중 고객이었던 나이 지긋한 남자에게 납치되었다고 했다. 그가 쳐 놓은 덫에 걸려 자유 의지를 묵살당한 채 자리보존하고 있는 할머니의 병수발을 들어야 했다.

우여곡절 끝에 딸의 행방을 수소문하던 엄마가 찾아왔다. 그러나 구시대적 사고방식에 젖은 엄마는 이 집의 귀신이 되라는 매정한 말씀만 남기고 발길을 돌렸다고 했다.

"그래도 아저씨가 잘해 주었나 보죠?" 내 물음에 그녀는 기다렸다는 듯이 말했다.

"아마도 내가 전생에 남편의 조상과 철천지원수였나 봐요. 그 모진 인연을 어쩌겠어요."

사람들마다 세상살이가 천차만별이지만 어찌하여 그녀는 납치범이 쳐 놓은 덫에서 과감히 벗어나지 못했던 걸까. 나로서는 도저히 이해가 되지 않지만 달리 생각해 보면 자식을 위하여 가정이란 울타리를 지키려는 모정의 발로가 아닐까 싶기도 하다.

언젠가 남편이 죽으면 재를 바다에 뿌려 달라는 말을 듣고 자신은 홍수가 져도 바다로 쓸려 내려가지 않을 심산유곡에 뿌려 달라 자식에게 부탁했다고 말했다. 이승의 질긴 인연을 저승에서나마 끊어 보려는 그녀의 심정이 십분 이해되었다.

겨울밤이 깊어만 간다. 어느 틈엔가 달이 시야에서 멀어지고 하늘엔 달빛만 고요하다. 인연이 어찌 인간관계일 뿐이랴. 생각해 보면 인생살이 자체가 삼라만상과의 만남과 헤어짐을 반복하는 일련의 과정에 지나지 않을지도 모른다.

겨울 하늘에 잔광(殘光)만 가득 남기고 떠나는 달님, 알몸을 드러낸 채 밤을 지새우는 페퍼 트리, 바람결에 잎을 떨어뜨리는 담쟁이넝쿨도 싫든 좋든 모두 삶의 의미를 더불어 나누는 인연이라 할 수 있다. 설령 인연이라는 것이 자유를 제한하고 구속하는 덫이라 할지라도 존재의 의미를 공유하고 있는 엄연한 현실을 굳이 허망(虛妄)이라며 자조할 일은 아닐 듯싶다.

오늘밤도 나는 인연의 덫에 걸려 잠을 설친다.

나무 계단

바람이 세차게 분다. 바람을 대동하고 하산한 산신령이 지상의 모든 생명들을 들깨운다. 새들이 요란하게 지저귀고 대나무 숲이 울고 계곡물이 아우성친다.

태곳적 혼돈이 남아 숨을 토하는 곳, 현세를 떠나 세월을 거슬러 올라 원시의 시공에 들어와 있는 듯하다. 목재로 지은 집 천장에서 우지직 소리가 들리며 거센 바람 무리가 나를 안고 어디론가 데려갈 것 같은 환상에 빠진다.

소란스런 꿈에서 깨어나 창밖을 내다본다. 높은 산봉우리들이 어둠에 휩싸여 있고 산발치에 자리한 어느 집 불빛이 흔들리는 나뭇잎 사이로 깜박깜박 점멸하며 묘한 분위기를 자아낸다. 비가 내리고 있다. 빗줄기가 창문을 두들긴다. 낮에만 해도 비 올 기미가 전혀 없었는데 산마을이라서 그런지 기후의 변화가 심한 것 같다. 물을 마시려고 아래층으로 내려간다. 조심스레 걸음을 내디뎌도 나무 계단이 삐거덕거린다.

문명과 원시가 공존하는 땅, 파나마의 보께테(Boquete) 산간마을이다.

　LA에서 파나마시티 공항까지 6시간 30분, 공항 청사에서 한 시간을 대기했다가 다비드(David)행 비행기로 갈아타고 또 한 시간 비행 후 트랩을 내려서니 후끈한 대기가 나를 감싸 안는다. 목적지로 가기 위해 렌터카로 오십여 분을 달렸다. 점점 문명권에서 멀어지고 야생지로 향하는 길 주위엔 창조주의 민낯이 어른거렸다.

　세상에서 가장 공기가 깨끗하고 사시사철 날씨가 온화하다는 보께테 마을, 천상으로 가는 길목인들 이토록 아름다울 수 있으랴. 꽃과 커피의 계곡이라는 이곳은 은퇴한 백인들이 선호하는 휴양지라고 한다. 특히 북미나 캐나다에서 추위를 피해 겨울을 나려는 스노버드(Snowbirds) 족들이 즐겨 머물다 떠난다는 곳이다.

　날이 밝아 온다. 비바람이 언제 불었느냐는 듯 고요한 산중의 아침이 문을 연다. 다사다난한 세상사에서 벗어나 원초적인 자유로움을 느낀다.

　문명이 발달함에 따라 물질적으로는 풍요로울 수 있지만 정신적으로는 점점 삭막해지는 것을 부인할 수 없다. 이는 문명의 부작용 때문일 것이다.

　매해 발표되는 행복 지수를 보면 문명국일수록 낮고, 후진국이나 개발도상국이 상대적으로 높게 평가되곤 한다. 파나마를 포함한 중남미 국가의 행복 지수는 언제나 상위권에 속한다. 아마도 자연과 더불어 살아가다 보니 자연을 닮은 사람들이 많아서일 게다.

　여행은 삶에 여백을 만드는 일이라 생각된다. 빈틈없이 들어찬 생활 찌꺼기를 버리고 차분한 마음으로 나의 참모습을 그리는 시간이다.

맑게 갠 하늘에 쌍무지개가 뜬다. 순간을 영원처럼 일곱 색으로 드리운 무지개를 바라보자니 박동하는 심장 소리에 아침 고요가 무너질까 조심스럽다.

바호모노(Bajomono)산 원시림을 뚫고 산정으로 향한다. 색색가지 엔젤스 트럼펫 꽃이 주렁주렁 매달린 채 머리를 깊게 숙여 인사를 한다. 마치 천사가 나팔을 불며 '여기가 천상으로 오르는 계단입니다.'라고 알려주는 것 같다. 새벽에 피었다가 해거름 녘이면 짙은 향내를 토하며 지는 꽃이다. 무슨 사연이 있어 하나같이 고개를 아래로 떨어뜨리고 있는 것일까. 부끄러워서일까, 생의 덧없음이 서글퍼서일까. 아니다. 그건 바로 겸손일 것이다.

계곡물이 물살을 세게 그으며 흘러내린다. 하루라는 시간도 물길을 따라 떠내려간다.

어쩌면 삶이란 이레 동안 빌려 쓰는 보께테 나무집 계단처럼 삐거덕거리며 천상을 향해 떠나는 길이라는 생각이 든다. 화전을 일구어 생활 터전을 조성하는 문명에 동떨어진 원주민이나 문명 생활권에서 아옹다옹 살아가는 나도 한순간의 삶을 영위하기는 마찬가지다.

마음의 여백에 햇살이 먹물처럼 퍼진다. 어제도 내일도 아닌 오늘 이 시간이 귀중하게 느껴진다. 존재의 목적에 연연하기보다는 겸양과 순응을 먼저 배워야 하지 않을까. 삐거덕거리는 인생이라 해도 오를 수 있는 나무 계단을 감사하며 착실히 발을 내딛어야 하리라.

자유의 새, 케찰(Quetzal)이 지저귄다.

내리막길에서

꼬불꼬불 산길을 오른다. 낭떠러지가 연이은 가파른 길이라 핸들 잡은 손에 힘이 들어간다. 산모퉁이를 돌고 도니 저만치서 고풍스런 카페가 한 숨 쉬어 가라고 손짓한다.

울퉁불퉁 자갈이 깔린 주차장으로 진입하니 먼저 와 있던 할리데이비슨(Harley-Davison) 유니폼을 입은 모터사이클 멤버들이 일제히 시동을 걸더니 왁자지껄 떠난다.

따끈한 커피 잔을 들고 산 밑을 내려다본다. 확 트인 전망에 마음이 다 시원해진다. 햇살이 은가루처럼 부서져 내리는 호수에 낚싯배들이 한가롭게 세월을 낚는다.

일상에서 한 걸음 뒤로 물러나 바라보는 세상은 평화롭고 아름답다. 빨간 지붕을 머리에 인 성냥갑 같은 집들은 사랑의 온실 같고 산을 돌아 굽이굽이 뻗어난 산길은 우리가 걸어야 할 인생길처럼 느껴진다.

뉴스에서 영화배우 로빈 윌리엄스(Robin Williams)가 돌연 생을 마감했다는 소식을 전했다. 우울증에 시달리다가 최악의 선택을 한 것 같다고 한다. 그는 영화에서 주로 코믹한 역을 맡아 했다. 특히 ≪미세스 다웃화이어(Mrs. Doubtfire)≫에서 보여 준 연기는 그의 품성이 낙천적이 아니면 도저히 소화할 수 없을 정도로 리얼했다. 장난기 가득한 눈짓과 얇고 부드러운 입술에 천연덕스러운 표정, 얼굴만 봐도 절로 기분이 좋아지는 로빈이 떠났다니 참으로 안타깝다. "세상사람 다 웃기고 이제는 하나님을 웃기려고 떠났다."라는 네티즌의 댓글이 있었다.

남부러울 것 없어 보이는 사람들이 스스로 삶을 포기하는 경우가 있다. 선망의 눈길로 그들을 지켜보던 범인(凡人)들은 혼란과 갈등을 겪는다. 행복감도 불행감과 마찬가지로 개개인의 성격과 정황에 따라 그 농도가 다를 수밖에 없다.

정원을 손질하다가 잡초 속에 꽃망울을 터트린 풀꽃을 보고 갑자기 눈물이 났다는 친구가 있었다. 그 작은 꽃이 어찌나 해맑고 꿋꿋해 보였는지 빈약한 자존감으로 아파하던 마음의 상처가 아무는 것 같았다고 했다. 산마다 높낮이가 있고 물마다 깊고 얕음이 다르듯이 사람살이도 천태만별이다. 차등은 자연의 속성이 아닌가. 다양한 계층이 어우러진 사회만이 생동성과 역동성이 있다.

다시 등산로로 이동한다. 소나무 숲이 우거진 사이사이로 길고 짧은 하이킹코스가 여럿 있다. 가뿐히 완주할 수 있는 왕복 4마일짜리 코스로 들어선다. 잡목 숲이 가뭄으로 열병을 앓고 있다. 그럼에도 생명력이 질긴 상수리나무들은 도토리를 잔뜩 매달았다. 물줄기가 졸졸 흐르던 계곡은 허연 속살이 드러나고, 오가는 길에 발을 담그고 쉬어 가던 못에는 물자국만 남아 있다. 사람살이와 마찬가지로 자연계에도 부침(浮沈)이 있다. 다만 사람들처럼 희비(喜悲)에 연연하지 않을 뿐이다. 지금 계곡은 비록 메마르지만 언젠가는 다시 물이 흘러 등산객의 지친 발을 어루만져 줄 것이다.

어느새 정상이다. 더 이상 오를 데가 없는 곳, 그렇다고 마냥 머무를 수도 없는 곳, 그래서 하산을 해야만 하는 곳이 곧 정상이다.

장경렬 교수가 번역한 로버트 피어시그의 ≪선(禪)과 모터사이클 관리술≫이란 책에서 읽었던 글귀가 떠오른다. "선(禪)은 산의 정상이 아닌 '계곡의 정신'이다. 정상에서 찾을 수 있는 유일한 선은 오직 당신이 그곳으로 갖고 올라간 것뿐이다. 그러니 이제 여길 떠나기로 하자."

나도 여길 떠나야겠다. 서둘러야 할 이유가 전혀 없다. 차근차근 자연을 즐기며 천천히 내려가도 무방한 오후가 그저 고맙다. 그동안 인생길에서 허둥대다가 놓친 것이 얼마나 많았던가. 파이드로스처럼 잃어버린 자아를 찾아 모터사이클 여행을 떠날 순 없지만 하루의 짧은 산행으로 꾸밈없는 자아를 만날 수 있어 좋다.

여유로운 하산길이 가볍다. 누군가가 노래했듯, 오늘은 오르막길에서 보지 못했던 꽃들을 내리막길에서 만날 수 있으리라.

별다방에서

    저녁식사 후 일몰 풍광이 아름다운 바닷가 커피숍까지 산책을 나섰다. 하늘과 맞닿은 수평선으로 붉은 석양의 잔광이 색색의 올실을 펴내더니 사위가 서서히 은회색 어스름으로 젖어 든다. 테라스의 테이블 위로는 작은 보조 전등이 켜지고 초저녁 바람은 오스스한데 연인들은 민소매 차림으로 추운 줄도 모르고 마냥 즐거워한다. 마음속에 사랑의 모닥불이라도 지폈는가, 이까짓 추위쯤이야 대수냐는 듯 젊음의 정열은 바닷바람을 덥힌다.

    스타벅스 커피숍을 별다방이라 부른다고 시인 친구가 일러 주었다. 그녀는 황혼이 깔리는 바닷가 별다방에 앉아 시상을 다듬는다고 했다. 그래서 나는 그 친구를 별다방 시인이라고 부른다. 요즈음 들어 나도 글 맥이 고갈되거나 막혀 버리면 복잡한 일상사의 얽매임으로부터 벗어나 이곳 자유 공간에 들러 사유의 실마리를 찾아보곤 한다. 여기저기서 노트북에 몰두하는 사람들이 늘어가는 현상으로 보아 커피숍은 이제 만남의 장소일 뿐만 아니라 독서와 사색 그리고 창작의 공간이기도 하다.

예전엔 커피숍을 다방이라고 했다. 한창 데이트에 바쁘던 젊은 시절엔 모딜리아니의 여인인 듯 목이 긴 마담이 반겨 주는 길 다방을 자주 드나들었다. 그곳에서 처음으로 향긋한 커피의 유혹에 빠졌고 한 남자를 사랑하는 마음도 싹텄다.

요즘처럼 전화가 흔하던 시절이 아니었기에 헤어질 때는 다음에 만날 시간과 장소를 미리 정해 놓아야 했다. 피치 못할 사정이 없으면 일주일에 한두 번씩 만나던 때였으니 자연히 데이트는 길 다방에서부터 시작되었다. 길이 우리에게 행선지를 제시해 주듯 길 다방은 내가 성인으로 걸어가야 할 인생길의 시발점이 된 셈이다.

고향 친구가 사회에 첫 발을 내디딘 곳이 하필이면 내가 자주 드나들던 길 다방이었다. 하루는 무심코 다방 문을 들어서는데 찻잔을 나르던 친구가 나를 보더니 황급히 카운터 뒤쪽으로 숨어 버렸다. 그 시절엔 직업에 대한 편견이 심할 때라서 당황하기는 나도 마찬가지였다. 그 후로 그녀를 다시 만날까 봐 길 다방은 더 이상 갈 수가 없었다. 진정한 친구 사이라면 서로가 민망할 일도 아니었건만 모르는 척해 버려 마음이 편찮았는데 세월이 한참 흐른 뒤 동창회에서 그 친구와 재회하고 안심할 수 있었다. 그녀는 커피숍을 운영하며 행복한 가정을 이루고 있었다.

이제는 직업의 귀천을 따지지 않는 세상이다. 어느 분야에서든 진정한 프로가 높이 평가 받는다. 이 나이에 이르러서 생각해 보니 자신이 좋아하는 일에 열정을 바쳐 도전하며 즐기는 삶이야말로 가장 바람직하고 보람되지 않나 싶다.

흔히 사람들은 세속적인 잣대로만 성공 여부를 가늠한다. 하지만 세속적 성공만이 곧 행복이 아니라는 것을 살아가면서 깨닫게 된다. 태평양을 건너와 바닷가 별다방에서 망망대해를 바라보며 길 다방의 추억에 젖을 수 있다니 이 또한 행복이리라.

수평선 너머 어둠이 짙어 가는 하늘 저 멀리 바닷새들이 점자(點字) 시(詩) 한 수를 그리며 고고(高古)히 날아간다. 바쁜 하루를 마감하고 귀소(歸巢)하는 듯싶다.

빈자리가 한둘 늘어나면서 손님들도 귀가를 서두른다. 언제이건 돌아가 안식을 취할 수 있는 보금자리가 있다는 것은 축복임에 틀림없다. 나도 만년(晩年)에 이르러 자주 옛 기억을 더듬게 되니 이것도 일종의 정신적 귀소 본능이 아닐까. 흐르는 세월에 쉼표를 찍듯 한가로이 자연과 벗할 수 있는 이 시각이 풍요로워서 좋다.

아버지의 화투놀이

아침이면 아버지는 화투 패를 떼곤 하셨다. 항상 위험에 노출되어 있는 광산 갱부들의 안위가 걱정되어 그날의 일진을 보시는지 방석 위에 화투장을 나열하는 모습이 진지해 보였다.

아버지는 금광업을 운영하셨다. 금맥을 찾아 화약으로 산을 폭파하여 갱도를 내고, 금이 섞여 있는 돌과 흙을 파내어 금방아를 돌렸다. 금맥을 찾아 따라가다 보면 더 깊은 갱 속으로 파고들어야 했으니 언제 어디서 불의의 사고가 발생할지 아무도 모르는 일이었다.

아버지는 금의 함유량을 측정하려고 토금을 부대에 담아 집에 가져오곤 하셨다.

돌절구에 빻아 물을 부으며 체에 밭치면 반짝거리는 금가루가 보였다. 부스러기 금을 수은에 흡수시킨 다음 창호지로 싸서 눌러 짜면 수은은 빠지고 순금덩어리만 남았다. 그렇게 추출한 금의 양에 따라 작업 진도와 진로를 결정하셨다.

광산업을 흔히 투기업이라고 한다. 노력도 필요하지만 운도 따라 줘야 한다.

새하얀 모시 한복 차림으로 사랑방에 친구 분과 어울려 <청산리 벽계수야>를 절창하시던 아버지가 너무나 멋스러웠다. 봄부터 소국 마디를 잘라 내어 싹을 틔우고 자유자재로 모양을 잡아 대국을 피워 내는 솜씨 또한 탁월하셨다. 그렇다 보니 가을이면 우리 집은 국화 전시장을 방불케 했다. 나는 문갑 속에 들어 있는 금덩이로 공기놀이도 하고 미식가인 아버지 덕분에 입 호사도 제법 했다. 그 시절이 아버지의 전성기가 아니었나 싶다.

세월을 이길 장사가 없다더니 아버지도 예외는 아니셨다. 아버지의 병환 소식에 서울을 방문하여 며칠간 모시고 지내며 목욕시켜 드린 적이 있다.

욕조에 몸을 담그신 아버지의 어깨 위에는 늠름하고 믿음직스럽던 위풍은 오간 데 없고 볼품없이 쇠잔해진 모습에 가슴이 미어지고 눈시울이 뜨거워졌다.

"아버지, 딸에게 해 주실 말씀 없으세요?" 조심스럽게 물었더니 "아껴라." 단 한 마디 말씀뿐이셨다.

아버지는 품성이 따스하고 인정이 많으셨다. 사랑방에는 언제나 대소사를 의논하거나 부탁하려는 일가친척과 고향 사람들이 끊이지 않았다. 이웃들에게 물심양면으로 지원을 아끼지 않으셨고 어렵게 살아가던 누이동생에게는 큰 손을 내미시기도 했다.

아버지께 은혜를 입은 학생 중에서 고향의 군수가 나왔고, 행운이 따랐는지 고모는 몇 해만에 큰 부자가 되었다.

이제는 이순의 나이에 들어선 아버지의 딸이 담요 위에 화투장을 펴 본다.

세상사가 마음대로 돌아가지 않는 것처럼 화투짝 맞추기도 쉽지 않다. 사람살이가 언제는 호락호락했던가. 이 길이 옳다 싶어 가다 보면 절벽을 만나기도 하고, 기대하고 수고한 만큼 거두지 못하는 경우도 적지 않았다.

일생이 봄비에 젖은 들녘처럼 푸르기만 할 수는 없는 일이다. 현명한 사람은 넘어져도 금덩이를 움켜쥐고 일어선다지 않는가. 세상은 끊임없는 도전과 투지가 필요한 삶의 현장인 것 같다.

리허설이 없는 인생의 본선 무대에서 아버지는 맡겨진 배역을 유감없이 감당하셨다. 명연기로 사람들에게 진한 감동을 주고 아쉬움을 남긴 채 인생 무대에서 퇴장하셨다. 게다가 풍류남아(風流男兒)이면서 나눔의 덕을 쌓으신 큰 그릇이셨다.

아버지처럼 마음을 열고 이웃을 사랑하며 성실하게 산다면 그것이야말로 참된 인생길이라 말할 수 있지 않을까.

이제 나는 안다. 때로는 답답하고 궁상스럽게 여겼던 아버지의 화투놀이가 실은 오늘의 운세를 가늠하기보다는 하루를 계획하며 사업을 구상하는 명상의 시간이었다는 것을. 그리고 아끼라는 말씀은 서로 돕고 사랑할 수 있는 세월이 그리 길지 않다는 몸소 체험의 가르침이었음을.

나를 행복하게 하는 것들

　오래간만에 안톤 슈낙의 ≪우리를 슬프게 하는 것들≫을 다시 읽어 보았다. 아직도 예전의 감동과 마음의 떨림이 살아 있다. 작가가 숱하게 열거한 '슬프게 하는 것들'을 머릿속에 그릴 수 있는 감성이 지금까지 메마르지 않아서 기쁘다.

　지는 꽃이 있어 돋는 꽃이 한층 아름답듯이, 죽음이 있어 삶의 의미가 더욱 새롭듯이, 우리를 슬프게 하는 것들이 있어 우리에게 기쁨을 주는 것 또한 못지않게 많다.

　보도블록의 옹색한 틈새를 뚫고 피어난 풀꽃의 생명력이 경이롭다. 개를 데리고 느긋하게 산책길에 나서는 이웃, 가로수 나뭇가지에 앉아 청아하게 지저귀는 새, 구름 사이로 민낯을 내밀고 배시시 웃는 낮달, 져 버린 꽃에 연연하지 않고 푸른 잎으로 단장하는 목련나무, 길 건너 유칼립투스나무 밑에 한가로이 모이를 쪼는 까마귀들을 만날 수 있어 나는 행복하다.

　의자에 올라 찬장에서 간식거리를 찾고 있을 때 "Grandma dangerous! Come down!(할머니, 위험해! 내려와!)"하며 걱정해 주는 두 살배기 손녀가 있어 나는 행복하다. 유모차를 밀며 누군가와 다정하게 대화를 나누는 젊은 엄마, 공원의 푸른 잔디밭에서 아이들과 공놀이를 하는 아빠, 자기 개발을 위해 밤을 지새워 공부하는 청년, 돋보기를 콧잔등에 걸치고 책을 읽는 노인, 그런 모습들을 볼 수 있어 나는 행복하다.

바닷가 커피숍에 앉아 노트북을 켜 놓고 무언가에 열중하고 있는 젊은이, 이따금 수평선으로 눈길을 보내며 사색에 잠겨 있는 사람들을 바라보면 나는 행복하다. 아름다운 풍광을 배경으로 사랑을 속삭이는 연인들, 서핑보드를 타고 시원하게 파도를 가르는 젊은이들의 활기찬 모습만 보아도 나는 행복하다.

안부를 묻는 친구가 있고, 근황이 궁금한 친구에게 하시라도 연락할 수 있는 스마트폰이 있어 나는 행복하다. 오랫동안 소식이 두절되었던 옛 친구에게서 뜬금없이 날아든 문자 메시지를 읽으며 나는 행복하다. 인터넷으로 신문을 읽고, 마켓 정보도 얻고, 천만 관중이 관람했다는 한국 영화를 감상할 수 있는 디지털 문명의 수혜자, 그래서 나는 행복하다.

정든 임이 보낸 편지라도 오려나 싶어 문 밖에서 우편배달부를 기다릴 때면 달콤한 설렘이 있었다. 주마등처럼 스쳐 간 옛사랑의 추억을 더듬을 때면 그것 또한 성인이 되기 위한 진통이요, 몸부림이었다는 깨달음이 있어 나는 행복하다. 세상을 먼저 떠난 친구가 그리울 때면 영혼으로 소통하며 훗날을 기약할 수 있는 여유로움이 생기어 나는 행복하다.

먹이를 챙겨 주던 길고양이가 마침내 곁을 주며 아양을 부릴 때,

자카란다 꽃이 떨어져 보도(步道) 위에 보랏빛 융단을 펼 때, 아침에 일어나 갓 뽑아 낸 커피 한 잔을 마실 때, 마켓 영수증을 맨눈으로 확인할 수 있을 때, 내가 담근 장아찌가 맛있었다며 친구가 전화를 걸어 줄 때, 나는 행복하다.

정담을 나눌 수 있는 정인이 있고, 좋은 책을 교환해 읽는 친구가 있고, 문학을 공유할 수 있는 문우가 있고, 향긋한 차를 함께 마셔 주는 동반자가 있어 나는 행복하다. 오가는 길에 인사를 나눌 수 있는 이웃이 있고, 때가 되면 한자리에 모이는 가족이 있고, 여행을 함께 떠나 주는 길동무가 있어 나는 행복하다.

그리움으로 남아 있는 고향이 있고, 바다 건너에는 날로 발전하는 조국이 있고, 의사를 전달할 수 있는 우리말이 있고, 생각을 글로 옮길 수 있는 한글이 있어 나는 행복하다. 안톤 슈낙의 ≪우리를 슬프게 하는 것들≫을 우리말로 읽을 수 있는 즐거움 또한 행복이 아닐 수 없다. 극히 일상적이고 사소한 일에서 행복의 씨앗은 움튼다.

나는 오늘도 행복하다.

김영자 〈꿈〉

김영자 〈너와 나의 꿈〉

조사무 편

Essay by
Sa Moo Cho

작가의 말

　장꾼들이 북적입니다. 시장 모퉁이 간이 무대에서 앳된 가인이 가무를 펼칩니다. 한마당 춤과 노래가 끝나면 약장수 아저씨가 입맛거리 봉술(棒術)을 한 차례 보여 줍니다. 이어 만병통치약을 선전합니다. 청산유수가 따로 없습니다. 그 약이 고뿔도 제대로 다스릴 수 없다는 사실을 구경꾼들은 너무나 잘 알고 있습니다. 하지만 먼 길 찾아 준 손님 대접이라도 하듯, 수고에 보답이라도 하듯, 연기에 감탄이라도 하듯, 너도나도 한 통씩 사 줍니다.

　예닐곱 살 적 고향 장터에서 보았던 약장수가 최근 꿈속에 자주 나타납니다. 옛날과 달리 백발이 성성하고 흰 수염이 덥수룩한 할아버지가 꼭 도인 같습니다. 짝꿍 여인은 보이지 않고 구경꾼도 매번 저 혼자뿐입니다. 특히 글 좀 써 보겠다고 끙끙대다가 선잠에라도 들면 꿈속에 나타나 마치 시범 보이듯 봉술을 시현합니다. 느릿느릿 시작한 막대기가 점점 빨라지다가 한순간에 온몸을 휩쌉니다. 문득 노인네는 오간 데 없고 부챗살 닮은 동심원만 빙글빙글 돌아갑니다.

막대 무술이 곧 봉술입니다. 봉술은 정통 무술에 속합니다. 공격과 방어가 가능한 무술이기도 합니다. 하지만 수련과 정진을 통해 득도(得道)에 이르면 무술(武術)은 무예(武藝)로 격상합니다. 따라서 도(道)와 예(藝)는 같은 의미를 함축한 글자가 아닐까 싶습니다.

자치기도 작대를 사용합니다. 한 뼘쯤 되는 나무토막 양 끝을 빗각 지게 깎아 내 땅바닥에 놓고 두세 자 길이 막대로 튕겨 허공에 띄운 다음 이를 다시 받아 쳐 멀리 날리는 것으로 승부를 겨루는 자치기, 요즘엔 여간해서 보기 힘든 유희입니다. 자치기는 아무리 연마해도 기예(技藝)나 무예일 수 없습니다. 자치기는 그저 놀이에 지나지 않습니다.

문학과 예술을 아울러 문예(文藝)라 합니다. 수필(隨筆) 또한 문예 범주에 속해 마땅합니다. 마음 쏠리는 대로, 생각나는 대로, 붓 가는 대로 자연 또는 일상사에서 보고 느낀 감상이나 체험을 기록한 신변잡기가 곧 수필이라는 정의는 극히 결솔하고 옹색하기 이를 데 없습니다. 그래도 빤짝이는 사유(思惟)의 결정체(結晶體)가 행간(行間) 갈피마다 보석처럼 알알이 박혀 있는 글이라야 비로소 수필이라고 할 수 있지요.

생각할수록 참 딱도 합니다. 저를 두고 하는 말입니다. 딴에는 노력깨나 한답시고 현실 공간이든 가상공간이든 뻔질나게 드나들며 선후배들 글을 읽으며 한 수 터득해 보려고 애를 쓰지만 저들 솜씨에 감탄만 하다가 번번이 물러서곤 합니다. 최근 약장수 할아버지를 몇 차례 꿈속에서 뵙고서야 머나먼 길 떠나기 전 괜찮은 글 한두 편만이라도 남겨 보겠다는 야무진 각오가 결국 과욕인 줄 알았습니다. 진즉 깨달았으면 좋았을 걸, 만시지탄입니다.

수필은 작대 대신 펜대를 놀려 문자로 씁니다. 같은 언어를 사용하면서도 어떤 사람은 아름답고 감동적인 수필을 씁니다. 읽을 적마다 속으로 탄성을 지릅니다. 솔직히 부럽습니다. 또 어떤 이는 내용은 별 볼 일 없는데 문체가 화려한 수필을 씁니다. 처음에는 고개를 앞뒤로 끄덕이다가 결국 좌우로 젓고 맙니다. 속빈 강정이 생각납니다. 이도 저도 아닌 수필도 참 많습니다. 봉술 격(格)이라고 인정하기엔 문격(文格)이 한참 처지고, 자치기 격(格)이라기엔 노력과 정성이 안타까운 글도 적지 않습니다.

수필은 어느 정도 인생을 달관한 사람들이나 손대 볼 수 있는 문학이 아닐까 싶습니다. 말하자면 꿈속 노인처럼 무도(武道), 즉 무예의 경지에 들고서야 가능한 글이 수필이란 생각입니다. 그런데 자치기에 지나지 않는 글이나 쓰면서 작가입네 우쭐대는 자신을 돌아보면 철부지 노인 같다는 생각이 들곤 합니다. 그럼에도 포기를 모릅니다. 언젠가는 득도한 옛 엿장수가 현몽해 비전(祕典)이라도 한 질 전해 주지 않을까 하는 미련이 남아서입니다.

해서 선뜻 펜대를 꺾지 못합니다.

2019년 3월
조사무

그때
그 시절

땡추 술친구들

　학창 시절, 특이한 술친구가 둘 있었다. 스님들이었다. 무교동 어느 허름한 술집에서 우연히 만나 교우(交友)가 시작되었다. 속성이 각기 '홍'과 '석'이었는데 첫 대면 인사로 "홍 스님, 석 스님." 하고 불렀더니 제발 그놈의 코뚜레 같은 호칭은 집어치우고 이왕이면 다홍치마라며 '홍 땡추, 석 땡추'라고 불러달라기에 까짓 부탁쯤이야 하고 선선히 그러자 했다. 저들은 매번 땡전 한 닢 내지 않고 밑 빠진 독에 물 퍼붓듯 공술을 마셔 댔다.

　내가 피치 못할 사정으로 자원입대하기까지 우리들은 동숭동에서 시작하여 무교동, 명동, 때로는 정릉 골짜기나 뚝섬까지 술집 원정을 나서곤 했다. 당시에는 값이 헐하고 푸짐하기로는 토끼고기만 한 안주가 달리 없었다. 술상에 누워 뜨거운 김을 모락대는 벌거숭이 토끼 뒷다리는 항상 저들 차지였다. 허기귀신에게라도 홀린 듯 토끼 다리를 게걸스레 씹어 삼키곤 장삼 소매로 입과 턱을 문질러 대던 저들 모습이 지금도 눈앞에 암암(暗暗)하다.

　어느 해 말복 무렵, 벽제에 있는 소문난 보신탕집에 동행했다가 손님들로부터 수모를 당했다. 술이야 진묵대사(震默大師) 말마따나 곡차라 쳐도 스님 주제에 개고기라니, 변명이 옹색했다. 게다가 한 술 더 떠 손님들 다 들으라는 듯 "복날 복달임으로 견피(犬皮) 두세 근만 더 보시하면 너희들 복 받을 게야."라며 너스레까지 떨어 댔다.

돌아오는 길에 농담 반 진담 반으로 "아니, 시도 때도 없이 술집에나 드나들면서 언제 도를 닦아?" 하고 물었더니 "이미 돈오(頓悟)의 경지조차 초탈해 더 이상 닦아 낼 설진(屑塵)이 남아 있지 않다네."라며 큰소리쳤다.

술을 약주(藥酒)라고도 한다. 자고이래로 술을 온갖 이로운 약 중 으뜸이라는 뜻으로 백약지장(百藥之長)이라 불리기도 한다. 약주이든 백약지장이든 만약 술이라는 촉매가 없었다면 역사상 기라성 같은 영웅호걸은 고사하고 문화의 꽃마저 제대로 피어날 수 있었을까 의심스럽다. 사람들은 인류 최초의 위대한 발견으로 서슴없이 불[火]을 꼽는다. 그럼 가장 위대한 발명은 무엇일까. 나는 감히 술[酒]라고 말하고 싶다. 모름지기 불과 술, 즉 화주(火酒)야말로 쌍벽을 이루는 인류 문명의 동인이요 동력이 아닐까 싶어서다.

술친구처럼 허심탄회한 인간관계는 세상에 흔치 않다. 그런데 요즘은 술친구들과 어울리기가 쉽지 않다. 대중 교통수단이 열악한 미국에서 가장 아쉬운 점은 마음 놓고 친구들과 술자리를 가질 수 없다는 것이다. 음주 운전으로 당할지도 모르는 시간적, 금전적, 육체적, 정신적 불이익을 생각만 해도 오금이 저리고 모골이 송연하다. 궁여지책으로 엄처들을 대리 운전사 겸 감독관으로 모시고 술자리를 벌이다 보니 취흥이 예전 같지 못하다.

어디선가 읽었다. 술은 건강을 해치고, 인격을 파탄시키고, 가정의 화평을 깨고, 사회를 혼란시키는 4대 악의 원흉이라나. 무슨 테러범이라도 되듯 술에다 악의 축이라는 낙인까지 찍다니 지나친 독설이 아닌가. 인류 평화와 행복에 위해하기로 따진다면 술보다야 불이 천 배 만 배 더 흉악스럽다. 그 옛날 안줏감 토끼 대가리를 닮은 겨울나라, 그 나라 애송이가 하늘 높은 줄 모르고 까불 수 있는 건 다 핵무기라고 하는 불의 힘을 믿어서가 아닌가.

술의 역사는 깊고 오래다. 민족마다 각기 고유한 주조 비법이 있어 나름대로 술을 빚어 음주 문화를 발전시켜 왔다. 여건과 풍습에 따라 나무뿌리나 열매 또는 가축의 젖을 발효시켜 술을 빚기도 하고 곡식에서 주정을 얻기도 한다.

술의 공과를 따진다면 당연히 과보다는 공이 많다. 낫으로 사람을 해치면 흉기가 되지만 벌초를 하면 이기가 맞다. 조폭들이 경쟁 조직원의 인대를 절단한다고 전국의 회칼을 회수할 수는 없는 일이다. 과유불급이라 했다. 사랑도 지나치면 질투가 되고, 질투가 심하면 증오가 되고, 증오가 여차하면 치정 살인을 부른다. 음주 문화 또한 그렇다. 음주가 아니라 과음이 문제다. 적당한 술은 약주일 뿐만 아니라 선약이나 미약도 될 수도 있다.

땡추 술친구들이 아직 열반에 들지는 않았을 터, 요즘도 주선(酒仙)임을 자처하며 동가식서가숙하며 주유(酒遊)하고 있을 성싶어 섣불리 공개할 수는 없지만, 분명한 것은 그들이 '현빈'이나 '비'보다는 훨씬 더 세련되고 우아한 법명(法名)을 갖고 있다는 사실이다.

복날이 가까워서일까, 반세기도 전에 헤어진 땡추 술친구들이
그립다.

야 인마, 나도 꽃이야

이곳 노스캐롤라이나 주화(州花)는 도그우드(Dogwood) 꽃이다. 동네 인근에 도그우드 공원(Dogwood Park)이 있어 자주 들르는 편이다. 제법 큼직한 호수를 끼고 울창한 숲속으로 몇 갈래 비포장 길이 나 있어 산책하기에 썩 좋다. 이제 오월인데도 벌써 철이 지나 버려 화려한 주화군(州花群) 꽃 잔치를 볼 수 없어 아쉽고 섭섭하다.

경내 포장길을 벗어나 꼬불꼬불한 샛길을 걷다 보면 길섶에 자잘한 풀꽃들이 고개를 쳐들고 '나도 꽃이다.'라며 나를 빤히 올려다본다. 앙증스레 자잘한 꽃인데 이름을 몰라 은근히 미안한 생각이 든다. 그렇다고 그냥 지나치면 섭섭해할 것 같아 꽃무리 앞에 쪼그리고 앉아 정성스레 스마트폰에 모습을 담는다. 문득 옛 술친구 여인이 생각난다.

학창 시절, 몇몇 여학생 술꾼들이 있어 종종 어울렸다. 그들 중에 키가 작달막하고 체구에 비해 얼굴이 좀 커 보이는 여학생이 있었다. 그렇다고 결코 밉상은 아니었다. 오히려 당차고 야무진 친구였다. 어느 날, 자원입대를 앞둔 나를 위해 송별연이 벌어졌다. 밤이 이슥해서야 대폿집에서 나왔다. 술이 제법 취한 그녀를 버스에 태워 주려 했으나 이 핑계 저 핑계를 대며 미적대다가 통금 시간이 임박했다. 싫다는 그녀를 억지로 밀어 만원 버스에 태워 줬다.

그녀가 혀 꼬부라진 소리로 말했다.

"야 인마, 나도 꽃이야!"

당시만 해도 그 말이 그저 취중에 뱉은 술주정이려니 믿고 허허 웃어 버렸는데 세월이 흐르다 보니 왠지 말에 뼈가 있다는 생각을 지울 수 없었다. 군복무를 마치고 복학해 수배해 보았으나 그녀는 오래전에 미국으로 이민을 떠났다 했다. 이리저리 수소문해 보니 테네시 주 M시에 산다고 했다. 만약 그녀가 아직도 그곳에 살고 있다면 우리 집에서 자동차로 열 시간 정도면 닿을 수 있는 거리다.

하소연 중에 '나도 인간이다.'라는 절규처럼 심금을 울리는 절절한 말은 별로 없다.

염문과 추문에 휩싸인 채 한창 여론의 도마 위에 올랐던 마릴린 먼로가 어느 날 작심하고 억울한 심경을 토로했다. "나도 감정이 있는 인간입니다. 나 자신과 내 재능이 사랑받는 것, 그것이 내가 바라는 전부랍니다.(I have feelings too. I am still human. All I want is to be loved, for myself and for my talent.)"

내 앞에서 고개를 빳빳이 쳐들고 '나도 꽃이야.'라는 소소한 꽃, 그게 풀꽃이면 어떻고, 잡꽃이면 또 어떠랴. 빨강이면 어떻고, 노랑이면 또 어떠랴. 둥근 꽃이면 어떻고, 갸름한 꽃이면 또 어떠랴. 이름은 몰라도 저들 역시 어엿한 꽃인 것을.

풀꽃도 나름대로 바람이 있을 것이다. 햇볕과 물이 풍부한 정원에서 거드럭대는 장미나 모란꽃처럼 사랑받고 싶을지도 모른다. 고급스런 화분에서 고이 자라 누군가를 기쁘게 해 주고 싶을 수도 있다. 가끔은 저를 탐하는 누군가의 우악스런 손길에 꺾여 깜찍하게 생긴 꽃병에서 호사를 누리다가 생을 마감하고 싶을지도 모른다. 아니다. 이따금 근처를 배회하는 짐승이나 벌레, 또는 산책객들이 미소만 살짝 흘려주어도 행복할 것이다.

세월이 꽤 많이 흘렀다. 그녀도 이제쯤 별수 없이 호호백발 할미꽃이 되었으리라.

'야 인마, 나도 꽃이야!'

스마트폰을 갈무리하고 일어서려는데 어디선가 친구의 당찬 목소리가 들리는가 싶어 힐끗 뒤돌아본다. 갓 떠오른 태양이 우거진 도그우드 나뭇잎 사이로 얼굴을 내밀고 해해거린다.

속내를 들킨 것 같아 얼굴이 화끈거려 얼른 현장에서 떠나려는데 홍관조 한 쌍이 눈앞에서 파드득 날아올라 서로 희롱하며 멀어져 간다.

콕콕

통반장 선거가 코앞이다
남녀 간 기 싸움이 점입가경이다
판세가 오리무중이다
인심이 술렁인다
가을 들어 여인이 휘청인다

뒷집 백인에게 물어보았다.
이십구 년째 한 집 지키는 노인이다
"남성 후보가 어떠냐."
이웃이 시원스레 대답했다
"콕보다 쿨하지."

갈증이 목젖을 콕콕 질러 대기 시작했다
콕 한 잔 생각이 간절했다
사내 후보 가운뎃손가락이 생각났다

몽당연필이 떠올랐다
여인네 빈틈만 노리고 콕콕 찔러 댔다

이웃 노인네에게 다시 물었다
"여성 후보는 어떠냐."
늙은이가 쿡쿡거리며 말했다
"콕콕 쑤셔 대는 데야 당할 여자 어딨어."
우린 서로 옆구리를 콕콕 지르며 킬킬댔다

뻥이요

옛 고향 시골 장터에 뻥튀기 장사가 있었다. 아저씨는 요술쟁이였다. 낮도깨비처럼 우악스레 생긴 뻥튀기 기계는 마법 항아리였다. 요술쟁이 아저씨가 강냉이 한 되를 뻥튀기 기계 아구리에 밀어넣고 장작불을 지폈다. 기계를 빙글빙글 돌려 가며 주술을 걸었다. 어느 순간 동작을 멈추더니 땀수건으로 얼굴과 목덜미를 훔치며 구경꾼들을 향해 외쳤다.

"뻥이요!"

우리 꼬마들은 일제히 귀를 막고 눈까지 질끈 감았다. 그래도 여전히 '뻥' 소리는 들렸다. 눈을 떴다. 하얀 구름 연기가 서서히 걷히면서 길쭉한 망태 그득하니 뻥튀기가 한눈에 들어왔다. 한 되가 한 말로 둔갑하는 요술 현장에 고소한 냄새가 진동했다.

코끝이 간질거렸다. 뱃속 회(蛔)들도 덩달아 꿈틀대기 시작했다. 아저씨가 꼬마 구경꾼들에게 뻥튀기를 한 움큼씩 나누어 주었다.

반고(盤古)의 후예들은 제 나라가 세계의 중심이라고 믿는다. 스스로 대인이라 뽐내며 곤륜산(崑崙山) 높이로 콧대를 세운다. 예로부터 저들 뻥튀기는 타의 추종을 불허했다. 영락없는 뻥튀기의 달인이요, 침소봉대의 명수다. 상상의 물고기 곤(鯤)이 대붕(大鵬)으로 변했는데 그 길이가 몇 천 리나 된다고 뻥친다. 날개를 펴면 하늘을 온통 덮고, 날갯짓 한 번에 구만리 창천을 난다고 뻥을 튀긴다. 한 자에도 못 미치는 채수염을 쓰다듬으며 '내 수염이 삼천 척'이라고 뻥을 놓는다. 하지만 저들 뻥이 별로 밉지 않다. 아니 솔직히 부럽다. 대인 티를 내다 보면 체면에 차마 좀스러운 짓은 못할 테니 말이다.

옛날 '뻥'은 참 시원했다. 요술쟁이 아저씨의 뻥튀기 기계 소리도 시원하고, 코르크 병마개 뽑는 뻥 소리도 시원했다. 산봉우리에 올라 가슴을 활짝 펴고 심호흡을 하면 명치끝에서 '뻥' 소리가 나며 막혔던 숨통이 시원하게 뚫렸다. 이웃집 뻥쟁이 동무 병철이가 침을 튀겨 가며 신나게 뻥을 치면 진위 여부를 떠나 속이 다 후련했다.

그런데 요즘은 사정이 바뀌었다. 세계 도처에서 시도 때도 없이 들려오는 '뺑' 소리는 찜찜하다 못해 섬찟하다. 시원하기는커녕 촌놈 어르듯 겁만 잔뜩 안긴다.

세 살배기 손녀는 풍선 터뜨리기를 무척 좋아한다. 풍선이 '뺑' 소리를 내며 연한 살점으로 갈가리 찢겨 마룻바닥에 산산이 흩어지는 광경을 바라보며 깔깔거린다. 인간은 선천적으로 파괴 본능을 타고 난다더니 그 말이 맞는 것 같다.

사전에서는 동의어라고 하지만 '뻥'과 '뺑'은 사뭇 다르다. '뻥'은 마시멜로처럼 보드랍고 탄력이 있어 듣기에 편하다. '뺑'은 경박스럽고 날카롭다. '빵'에 비해 소릿결이 짧아서일 게다.

느닷없이 터지는 '빵' 소리는 사람을 겁준다. 무심코 길을 걷다가 빵빵대는 경적 소리에 소스라치게 놀라곤 한다.

엘에이 다저스 구장은 관중 수용 인원이 5만6천 명이다. 경기 때마다 입장객 수를 공표한다. 관중이 아무리 콩나물시루마냥 꽉 들어차도 가용 인원을 넘겨 부풀리는 뻥튀기 발표는 절대로 없다. 뻥튀기 통계라고 어깃장 부리며 시비 거는 사람도 없다.

반고의 후예들이라면 아마도 십만이라고 뻥튀기하지 않을까 싶다. 아니다. 뻥튀기가 아닐 수도 있다. 정원과 상관없이 좌석, 입석, 공중석까지 넉넉히 감안해 십만 장 입장권 정도는 팔아 제치는 것이 저들 대국인들의 상술일지도 모른다. 어쩌면 그게 바로 저들이 뽐내는 G2국의 저력이 아닐까 싶기도 하다.

나라 경제를 쥐락펴락한다는 유커[游客]들 영향인가는 몰라도 요즘 청구인(靑丘人)들 뻥튀기 실력도 만만치가 않아 보인다. 십만에도 못 미치는 군중을 백만이라고 뻥친다. 이해 못 할 일도 아니다. 촛불이든 맞불이든 횃불이든 깃발이든 하루살이처럼 떼거리로 얼씬대며 불빛에 얼비치다 보면 열 배, 백 배로 보이는 착시현상이 왜 아니 없겠는가. 아무리 그렇다손 쳐도 지나침은 모자람만 못하다. 뻥튀기도 지나치면 시원은커녕 자칫 불신만 조장한다.

박경리의 단편소설처럼 현대는 '불신 시대'다. 인류도, 동족도, 이웃도, 친구도, 피붙이도, 하다못해 자신도 못 믿는 시대가 아닌가. 신뢰의 끈이 끊어져서 그럴 게다.

불신은 소통을 저해하는 쓸갯돌[膽石]이다. 인간(人間)이란 사람

(人)과 사람(人) 사이(間)가 아닌가. 인간, 즉 사람과 사람 사이 소통의 통로에 불신이 쌓이다 보면 사회라는 유기체도 담석증(膽石症)에 걸리기 마련이다.

뻥튀기 아저씨가 그립다. 비지땀을 뻘뻘 흘려 가며 요술 항아리를 돌리던 아저씨, 행여 구경꾼들이 놀랄세라 땀수건을 휘휘 저으며 '뻥이요!' 소리치던 아저씨, 꼬마들이 군침을 삼키며 입맛이라도 다시면 뻥튀기를 한 줌씩 골고루 나누어 주던 아저씨, 그 뻥튀기 아저씨가 새삼 그리운 건 세월이 하도 어수선하고 답답해서다.

달과 육 펜스

학창 시절 친구 중에 시인이 있었다. 재학 중에 일찌감치 신춘문예를 통과해 친구들의 부러움을 샀지만 중도에 시인의 길을 포기했다. 그가 어느 날 술좌석에서 비극의 주인공이라도 되는 양 장탄식을 토하며 눈물을 흘렸다.

"달이냐, 육 펜스냐. 그것이 문제로다."

청승 떠는 꼴이 딱하기도 했지만 한편으로는 녀석이 또 헛소리를 하나 싶었다.

당시만 해도 시인은 가난하고 힘없는 우리들의 명예와 자존을 지켜주는 낭객(浪客)이면서 동시에 기인(畸人)으로 대접받던 시절이었다. 친구들 모두 호주머니에 잔돈푼과 먼지를 반반씩 섞어 넣고 다녔지만 술값을 추렴할 때마다 시인은 열외로 제쳐 주었다. 뿐만 아니라 가끔 흰소리를 쳐도 시인이니 그럴 수도 있으려니 인정하고 누구 하나 시비를 걸거나 탓하지도 않았다. 오히려 그가 헛소리를 뱉을 때마다 마치 영적(靈的) 독백 같다고 감탄까지 했다.

그러니 선뜻 '헛소리 작작하고 술이나 마셔.'라며 타박할 수가 없었다.

사회에 발을 디딘 후, 어느 날 모처럼 다시 모였다. 파계 시인(破戒詩人)이 결혼식을 앞둔 즈음이었다. 술자리에서 그가 시인의 길을 포기할 수밖에 없었던 그간의 사연을 털어 놓았다. 졸업을 앞둔 어느 가을날, 큰맘을 먹고 학창 시절 내내 사랑을 불태우던 여인에게 금 반 돈짜리 실반지를 내밀며 정중하게 청혼하였더니 여인이 정색하고 따지듯 물었다.

"신가 난가, 그것부터 밝혀."

달포 가량 고심한 끝에 결국 달을 단념하고 여섯 닢 펜스를 택했다. 그녀가 바로 결혼식을 앞둔 신붓감이라 했다.

며칠 전 신문에서 모모 시인이 기고한 글을 읽었다. 제목은 잊었지만 글 중에 '아줌마부대'라는 표현이 몇 차례 나왔다. 혹시 아마조네스(Amazones) 여인국을 마지막까지 사수하던 최후의 여전사(女戰士)들에 관한 이야기인가 했더니 그게 아니었다. 시인 말씀인즉 다름 아니라 소크라테스, 아리스토텔레스, 플라톤도 모르고 그흔해 빠진 미학개론 한 권도 읽어 본 적이 없으면서 문인 행세를 하거나 창작 교실을 드나들며 문단을 넘본다고 여인들을 싸잡아 '아줌마부대'라고 부르는 폄하의 변이었다. 알고 보니 '아줌마부대'는 '줌마부대'와 더불어 항간에 나돌던 유행어였다.

같은 말도 '아' 다르고 '어' 다르다 했다. 아줌마부대도 그렇다. 시인이 쓰는 말이니 당연지사 시어(詩語)이겠거니 인정하고 눈감아 주기가 난처하다. 줌마부대면 어떻고 아줌마부대면 어떻고 또 아주머니부대면 어떠랴. 모두가 다 아름다운 우리말이 아닌가.

문제는 여성 문인들을 겨냥한 오만과 편견이다.

낫살깨나 먹은 사내가 느닷없이 '별꼴이 반쪽이야.' 하면 그야 말로 영락없는 '별꼴이 반쪽'이 맞다. 하지만 같은 말도 젊고 예쁜 여인의 입에서 흘러나오면 깜찍하고 귀엽기 그지없다. 어느 날 유치원생 손자가 합장을 하고 문간에 서서 어른스럽게 "오래간만에 뵙겠습니다. 어서들 안으로 드시지요."라며 정중하게 허리를 기역자로 꺾는다면 기분이 어떨까. 신통하고 갸륵하기는커녕 오히려 소름이 끼치다 못 해 기절초풍할 일이 아닌가.

편견일지는 몰라도 시인이 가끔 뚱딴지같은 말을 뱉어도 왠지 모르게 멋져 보일 때가 많다. 그래서 섣불리 이러쿵저러쿵 시시비비를 따지며 대들기가 쉽지 않다.

타초경사(打草驚蛇)라는 말이 있다. 풀숲을 잘못 건드려 뱀을 놀라게 한다는 말이다.

문인, 특히 시인의 자존심을 건드리는 것이야말로 수풀 속에 똬리를 튼 채 사색 삼매경에 빠져 있는 방울뱀을 겁도 없이 집적대며 함께 놀자는 것과 다름없다. 창세기로 해서 명예가 실추된 뱀은 지혜와 인술(仁術)의 상징이기도 하다. 뱀을 신으로 떠받드는 문화권도 적지 않다. 결코 모모 시인을 욕되게 하려고 의도적으로 동원한 사자성어가 아니다. 그렇다고 시인이 별로 길지도 않은 글에서 득의양양하게 몇 번이나 언급한 '아줌마부대'라는 말을 시어(詩語)려니 간주하고 슬쩍 눈감아 주기도 마뜩잖다.

친구는 결혼 후 어렵게 입사한 직장을 뛰쳐나와 사업가로 변신했다. 처가에서 운영하는 모기업을 등에 업고 하청업체로 문을 열더니 순풍에 돛 단 듯 순항을 거듭했다.

　너무나도 유명한 "죽느냐, 사느냐. 그것이 문제로다."라는 명언의 주인공 햄릿이 혹여 죽음 대신 삶을 택했다고 해서 어찌 옹졸하고 비겁하다며 손가락질을 할 수 있으랴.

　"달이냐, 육 펜스냐. 그것이 문제로다."라며 청승 떨던 친구가 이상과 현실의 기로에서 장고 끝에 손에 쥔 여섯 패야말로 가장 현실적인 최선의 선택이 아니었을까.

겨울 산과 노마니

구상具象을 포식飽食한 겨울 산이
꺽꺽 헛구역질하더니
추상抽象을 토한다

천지간天地間에 여백餘白이 일고
차가운 묵향墨香에
콧날이 찡하다

—심心봤다
—심心봤다
—심心봤다

대오大悟하는 탄성歎聲 세 가락
심금心琴 뜯는 소리가
멀어져 간다

전경全景이 무너져
안갯속으로 침몰沈沒하고
저만치로 노마니가 퇴장退場한다

*노마니 : 노련한 심마니

요즘도 소설 쓰냐

　캘리포니아에 짓궂은 친구가 있었다. 그는 걸핏하면 "요즘도 소설 쓰냐?" 우리 부부를 놀려대곤 했다. 장르에 관계없이 문학은 모두가 허구라는 인식의 뿌리가 워낙 깊어서가 아닐까 싶다. 그래도 그렇지, 부부 수필가를 자처하며 그 알량한 자존심에 취해 겉멋에 사는 우리 부부가 결국 허풍선이에 지나지 않는다는 비아냥 같아 불쑥불쑥 억울하다는 생각이 고개를 쳐들곤 했다. 아무리 흉허물 없는 사이라지만 객쩍은 농담도 반복해서 듣다 보면 은근히 부아가 치밀기 마련이다.

　단견일지 모르지만 엄밀한 의미에서 소설은 쓰는 것이 아니다. 소설은 짓는 것이다. 전혀 사실이 아닌 것을 사실인 양 꾸미든지, 아니면 조그만 사실을 부풀려 흥미를 더하는 글이 소설 아닌가. 일반적으로 작가라고 하면 우선 소설가를 연상하는 까닭이 이해된다.

　쓰기[記]와 짓기[作] 사뭇 다르다. 허구의 요소가 가미된 창작은 쓴다기보다는 짓는다, 즉 창작(創作)이 옳다. 창작이란 창의적이고

독창적인 예술 작품을 짓는 행위 또는 그 작품을 일컫는다. 그렇다고 소설가들만 소설을 짓지 않는다. 사람들은 누구나 나름대로 마음속으로 소설을 창작한다. 저마다 실현 여부가 불확실한 내일을 계획하고, 존재 여부가 확인되지 않은 사후 세계까지 걱정하며 세상을 살아가지 않는가.

막내딸 부부가 요즘 소설을 쓴다. 지천명 전에 일찌감치 생활 전선에서 물러나 파나마 보께테(Boquete)라는 산간벽지에서 자연인으로 유유자적하겠노라 꿈을 엮는다. 인터넷 정보를 통해 살림집도 알아보고 어린 딸 교육 환경도 점검한다. 한술 더 떠 드넓은 정원 모퉁이에 번듯하고 아늑한 별채를 마련해 줄 테니 엄마 아빠도 함께 살자고 꼬드긴다. 나이 50줄이면 한창 왕성하게 활동해야 할 나이가 아닌가. 마음 같아서는 조기 은퇴를 극구 말리고 싶어도 딸 내외의 야무진 꿈을 굳이 깨고 싶지 않아 "그럼 그래 보려무나." 하고 웃어넘긴다.

꿈은 삶의 활력소다. 인생이라는 사막 길에서 찾아 헤매는 오아시스이기도 하다. 하지만 샘물과 그늘을 잔뜩 기대하며 가까이 가보면 신기루에 지나지 않을 경우가 비일비재하다.

꿈이 곧 희망이다. 꿈을 품고 있는 이상 희망은 유효하다. 언젠가는 산산이 부서지고야 말 꿈일지라도 지레 포기하기보다는 보듬고 사는 것이 더 낫다.

우리 부부는 수필을 쓴다. 다른 문학 장르와는 달리 수필에서 허구는 금기에 속한다.

수필은 짓는 것이 아니다. 수필은 창작하는 것이 아니다. 화자의 느낌이나 체험을 산문 형식으로 쓰는 것이 수필이다. 수필은 자아 성찰의 기록이며 고백이라 하지 않는가.

수필가는 작가라기보다는 오히려 사색가 또는 사유하는 자라고 하는 것이 타당할지도 모른다. 그러니 수필도 문학이라는 주장에 누군가가 부득부득 이의를 단다고 해서 섭섭하다 탓할 일은 못 된다. 그래서일까, 문단 일각에서 수필을 문학으로 인정하기를 주저하는 경향이 없지 않다.

작년까지만 해도 친구에게서 '소설 쓰냐.'는 소리를 들으면 공연히 자존심이 상하고 심사도 뒤틀리곤 했다. 뿐만 아니라 속으로 천하에 몰상식한 친구라고 업신여기기까지 했다.

또 한 해가 바뀌었다. 지난해를 뒤돌아보며 친구 말을 다시 한 번 곰곰이 곱씹어 본다. 그렇다. 꿈과 희망이 혼재하는 허구의 무대가 소설이다. 소설을 쓰든 소설을 짓든 그게 무슨 대수이랴. 어쩌면 우리 모두가 제각기 인생이라는 한 편의 소설을 짓든지, 쓰든지, 창작하든지 하면서 한세상을 살아가는 것이 아닐까. 그래, 언젠가 연락이 닿아 '요즘도 소설 쓰냐?'라고 친구가 물으면 기꺼이 답하리라. '그럼. 인생이라는 소설의 대미를 마무리할 날이 바로 코앞이야.'라고 말이다.

이웃으로
살기

흑석동엔 처마가 없다

회색 구름이 낮게 드리웠지만 사오십 분 거리에 어쩌랴 싶어 산책길을 나섰다. 숲을 겨우 벗어나 집으로 향하는 중에 느닷없이 비가 뿌리기 시작했다. 아무리 주위를 둘러보아도 잠시 비긋고 가기에 마땅한 장소가 보이지 않았다. 옛 같으면 기와집이건 초가집이건 여인네 치마폭마냥 공간이 넉넉한 처마가 있어 비를 피할 수 있었다. 그런데 요즘 집들은 겉보기만 번듯하지 처마다운 처마가 없다. 가끔 스커트 자락만큼 인색한 처마가 있긴 하지만 비그을 정도는 못 된다. 게다가 곳곳에서 감시 카메라가 눈을 번득이고 핏발선 맹견주의 팻말이 잔뜩 겁을 주기 때문에 접근하기조차 두렵다.

처마 넓이와 인심은 비례하지 않을까. 처마가 야박한 마을 이웃은 '이웃사촌'은커녕 '사돈의 팔촌'이기도 쉽지 않을지 모른다. 길거리에서 서로 눈길이 마주치면 습관처럼 "하이!" 하고 인사를 나누지만 막상 서로 속내를 털어 놓기가 껄끄러운 세상이다. 혹시 길거리에서 어린이가 귀엽다며 볼이나 머리라도 쓰다듬다간 아동 추행범으로 오해받기 십상이다. 뿐만 아니라 이웃에게 호감을 표한

답시고 이러쿵저러쿵 잔사설을 늘어놓다가 '별 미친 놈 다 보겠네!'
라는 욕설을 듣지 않아도 다행이다.

치마 너비로 인간사를 가늠해 보면 어떨까. 여인이 치맛자락을
바닥에 닿을 듯 늘이고 휘적휘적 걸어가면 시선이 하체보다는 상
체로 직행하기 마련이다. 그리고는 속으로 '그 여인 참 곱기도 하
군.' 숭얼대며 감탄하게 된다. 그런데 미니스커트나 핫팬티 차림
의 여인이 눈에 띄면 부지불식간에 눈길이 하체로 굽는다. 그리고
마음속으로 '화중지병이로세.'라며 탄식을 토하게 된다.

옛 여인들 치마폭은 더없이 안전한 도피처요 피난처였다. 옛날
에는 길을 가다가 모래바람을 만나거나 강풍에 흙먼지라도 일면
치마폭으로 아이를 감싸 주는 여인들을 흔히 볼 수 있었다. 치마폭
은 정결한 수건이요 보자기였다. 땀에 흥건히 젖은 얼굴과 목덜미
를 훔치는 수건이었다. 엄마가 이웃 잔치에 갔다가 자식 생각에 이
것저것 먹거리를 챙겨 오는 보자기이기도 했다. 치마폭은 질 좋은
화선지이기도 했다. 헤어지기 못내 아쉬워 임 치마폭에 서화 한 폭
을 정표로 남기고 석별의 정을 아파하기도 했다.

요즘 여인들은 특별한 날이 아니면 아예 치마를 입지 않는다. 그
러니 길거리에서 갑자기 장대비나 눈보라를 만나도 어린아이를 보
호해 줄 마땅한 방도가 없다. 근처에 적당한 가게나 찻집이라도 있
어 잠깐 들르면 모를까, 그게 아니라면 소몰이하듯 아이를 마구 다
그쳐 가며 길을 재촉할 도리밖에 없지 않은가. 행여 피치 못할 사
정으로 정인 곁을 떠나야 한다면 치마폭 대신 은밀한 살갗 부위에
다 일필휘지 정표를 문신으로 남기고 싶겠지만 호락호락 응해 줄

여인이 있을 턱이 없다. 그래서 '떠날 때는 말없이(Keep Silent When Leaving)'라는 말이 꽤나 멋진 이별사 같기도 하다.

비에 흠뻑 젖은 채 집으로 들어섰다. 새로 일군 채소밭이 제법 말끔해졌다. 우리 부부가 열흘 동안 대륙을 횡단한 후 보름 전에 이곳 노스캐롤라이나 시골 마을에 안착해 처음으로 시도한 대사가 채소밭 일구기였다. 닷새 동안 흙벽돌처럼 굳어 버린 땅을 뒤집고 마른 거름흙을 골고루 섞어 고랑을 내고 이런저런 씨앗을 뿌렸다. 군데군데에다 홈데포에서 구입한 토마토와 피망 모종을 옮겨 심었더니 봄비를 맞아 흡족해한다. 내친김에 이번 비가 그치고 나면 꽃밭도 일궈야겠다.

이곳 주택 단지 이름은 '블랙스톤(Blackstone)'이다. 그래서 나는 우리 동네를 '흑석동(黑石洞)'이라고 부른다. 흑석동엔 우악스럽지도, 그렇다고 결코 초라하지도 않은 가옥 백여 채가 드문드문 숲에 웅크리고 있어 웬만해서는 주민과 맞부딪치기가 쉽지 않아 아직 정식으로 인사를 나눈 이웃이 없다. 가끔 차량이 지나다가 눈이 마주치면 말없이 서로 손을 흔들어 주는 것이 고작이다.

그래서일까, 아직 동네에 정이 붙지 않는다. 오늘처럼 준비도 없이 산보를 나갔다가 비라도 만나면 잠시 비그을 수 있는 처마라도 있으면 얼마나 좋으랴. 하지만 야속하게도 흑석동엔 처마가 없다. 뿐만 아니라 폭이 넉넉한 치마를 입은 여인도 보이지 않는다. 그래서 동네가 객지 같다는 생각을 떨칠 수가 없다. 어쩌면 엊그제 파종한 씨앗들이 새싹으로 모습을 드러낼 즈음이면 이웃에 친구도 생기고 동네에 정도 붙으리라.

누가 아빠를 데려갔나요

　서른 살 젊은 목사가 이승을 등졌다. 미망인 케이라(Kayla)는 남편을 보낸 후 수일이 지나서야 겨우 심신을 추스를 수가 있었다. 올망졸망한 사내아이 셋을 불러 앉히고 아빠의 부재를 알리는 그녀 가슴은 천 갈래 만 갈래 갈라지듯 아팠다.

　"아빠는 이제 집에 돌아오실 수 없단다. 머나먼 하늘나라로 가셨거든."

　올 초 유치원에 입학한 맏이 스미스(Smith)가 스물아홉 살 엄마한테 시큰둥하니 물었다.

　"아빠는 왜 작별 인사도 없이 떠났나요?(Why didn't he say goodbye?)"

　마땅한 대답을 찾지 못한 엄마는 억장이 무너져 내렸다.

　지난 8월 24일 캘리포니아 인랜드 힐스(Inland Hills) 교회 담임목사인 앤드류 스토클린(Andrew Stoecklein)이 짧은 생애를 마감했다. 요즘 여느 젊은이들처럼 팔에다 문신을 잔뜩 새겨 넣은 그는 하느님을 섬기는 목자이기에 앞서 철부지 세 아들의 아빠이자 청순하고 아리따운 한 여인이 지극히 사랑한 남편이었다. 헌칠한 키에 두 눈에서 지성이 번득이던 청년, 언론들은 한결같이 그가 스스로 목숨을 끊었노라 전했다.

단테의 ≪신곡(神曲)≫에는 나뭇잎이 한 잎도 없는 앙상한 나무들이 빼곡한 골짜기가 나온다. 스스로 목숨을 끊은 중죄인들이 메말라 비틀어진 나무로 물화(物化)해 형벌을 받고 있는 지옥편 제칠 영역 현장이다. 기독교에서 자살은 중죄로 간주한다. 그래서 사후에 천국은커녕 연옥에도 들지 못하고 바로 지옥으로 떨어진다고 한다. 목사 앤드류 스토클린이 어찌 그것을 몰랐겠는가. 그렇다면 무엇이 중죄를 저지르도록 그를 부추겼을까. 자의였을까 타의였을까. 혹 키르케고르 말처럼 '절망'이라고 하는 정신적 극한 상황이 죽음에 이르도록 그를 닦달하고 부추긴 것은 아닐까.

그가 세상을 뜨기에 앞서 설교했다는 'Hot Mess'라는 주제가 궁금해 영상을 찾아보았다. 검정색 바지에 티셔츠 차림으로 열변을 토하는 그는 생기발랄한 헌헌장부였다.

'Hot Mess'란 부조리와 불합리가 들끓는 세상을 '도가니' 또는 '가마솥'으로 비유한 것이 아닐까. 어쩌면 그냥 '엉망진창'이라 해도 별로 무리가 없을 듯싶다.

그는 자살자들 열에 아홉은 정신 질환을 앓는데, 그들 중 대다수가 우울증(depression)으로 고생하는 사람들이라고 했다. 말미에 그는 "하느님이 환란 중인 너와 함께하리라.(God wants to meet you in your mess.)"라며 설교를 마쳤다. 'Hot Mess'에서조차 함께 하리라는 하나님 약속을 철석같이 믿는 그가 그렇게 쉽게 절망에 빠질 까닭이 어디 있었겠는가.

목사와 가까운 친구들 증언에 따르면 그는 평소 스토커들로부터 시도 때도 없이 시달림을 당했다고 한다. 교회 재정이나 부흥도 원활하고 가정사 또한 원만했다고 한다. 그렇다면 그를 괴롭힌 스토커들은 과연 누구였을까. 한동네 사는 이웃이었을까. 신성에 도전하는 사탄이었을까. 기독교 교리를 매도하는 이단들이었을까. 아니면 같은 성소에서 함께 하나님을 경배하는 교우(敎友)들이었을까. 그도 아니면 교회를 개척하고 타계한 아버지를 이어 수장에 오른 그를 애송이라 깔보며 질시하는 어떤 검은 세력이었을까.

목사를 사지로 몰아붙인 세력이 무엇이든 그의 죽음은 자살이라기보다는 오히려 타살로 보는 것이 옳을 듯싶다. 엄밀히 말해서 세상에서 벌어지는 대부분, 아니 모든 자살은 타살이라는 생각이 든다. 누군가 또는 무언가에 의해 교사당하는 죽음이 곧 타살 아닌가.

그런 죽음을 부추기는 불온한 세력이 사람일 수도 있고, 자연일 수도 있고, 문명일 수도 있고, 환경일 수도 있고, 정신 질환일 수도 있고, 또 절망일 수도 있다. 어쩌면 초인적 힘을 과시하는 운명이 장난질 치는 해코지일 수도 있다.

코흘리개 장남 스미스가 엄마를 다그치듯 질문을 쏟아 냈다. "누가 아빠를 데려갔나요?" "엄마, 아빠는 아직도 부부가 맞나요?" "의사는 뭐라 하던가요?" "아빠 없이 우린 앞으로 어떻게 사나요?"

엄마는 넋을 놓은 채 세 아이를 부둥켜안고 하염없이 눈물을 흘렸다.

가을 산

신기神氣로 시달리는 여인
열병熱病 걸렸네
울긋불긋
열꽃 핀 알몸으로
신열身熱 앓는다

누가 저토록 아린 몸짓을
아름답다 희롱하는가
몸살하는 가을 산
신들린 여인
그 아픔을

개가 어디 사람 같나요

　이웃이 있었다. 널빤지를 대충 세운 울타리로 격한 이웃이었다. 오가는 길에 서로 눈길이 마주치면 먼 손짓으로, 좀 더 가까이서 부닥치면 한두 마디 안부를 묻는 사이였다.

　이웃집에는 덩치가 제법 큰 누렁이가 한 마리 있었다. 맑은 날이면 온종일 드라이브 웨이 시멘트 바닥에 배를 깔고 눈만 멀뚱거렸다. 여느 개들과 달리 인기척이 나도, 지나가던 개가 반갑다 짖어도 꼼짝 않았다. 어떨 때는 주인을 닮아 점잖은 것 같기도 하고, 또 어떤 때는 묵언수행(默言修行) 중인 견공(犬公) 같다는 생각이 들기도 했다. 세 살배기 손녀가 누렁이만 보면 "큰 개야, 안녕!" 하며 다가서도 꼼짝 않고 그윽한 눈길만 보냈다.

　개는 짖어야 개답다고 한다. 아예 짖지를 못하거나 짖으려 하지 않는 개는 개축에도 못 든다고도 한다. "개는 나면서부터 짖는다."라는 말도 있고 "개가 웃을 일이다."라는 속담도 있다. 개가 나면서부터 짖는다 함은 '사람의 못된 성격도 천성에 속한다.'는 비유일 게고, 개가 웃을 일이라 함은 '어이없고 같잖다.'는 뜻일 게다.

사람에 견주어 개를 놓고 이러쿵저러쿵 입방아를 찧다니, 얼토당토않다. 혹 개가 '하하하' 혹은 '허허허' 웃으면 모를까. 저들이 '컹컹' 짖든, '멍멍' 짖든 또는 이웃 누렁이처럼 함구무언하고 속으로 짖든 사람들이 중뿔나게 나서 참견할 일은 못 된다.

어느 주말, 손녀와 함께 산책을 나섰다. 옆집 앞을 막 지나치려는데 손녀가 할아비 손을 뿌리치고 누렁이를 향해 쏜살같이 다가서더니 과자를 내밀며 말했다.

"큰 개야, 이것 좀 먹어."

그때 마침 주인 테드가 빗자루를 들고 나타났다. 손녀가 이웃집에 너무 근접한 것 같아 미안한 생각이 들었다. 얼떨결에 얼버무리듯 말했다.

"개가 참 점잖네요."

테드가 누렁이 목덜미를 쓰다듬으며 자랑스레 말했다.

"개가 어디 사람 같나요."

옆집 누렁이는 짖질 않는다
철책 뒷바닥 깔고 누워
종일 꼼짝도 않는다

손녀가 멍멍 멍멍 을러대도
선한 눈 둥그레 뜨고
말똥거린다

개가 참 의젓하다 칭찬하니
집주인 테드가 말했다
"개가 어디 사람 같나요."

집에 들어와 가만 생각하니
사람 좋은 이웃 남자가
괜히 밉살스럽다

테드 말을 곰곰이 씹어 보았다. 왠지 말속에 송곳을 숨긴 것 같았다. 옆집 부부는 둘 다 교사다. 아내는 초등학교, 남편은 중학교에서 각각 교편을 잡고 있다. 저들 직업을 감안하면 그의 말에 수긍이 간다. 가정에서도 그렇지만 학생들에게 하찮은 체벌을 가해도 냉혹하리만치 준엄한 사회가 아닌가. 제자들이 수업 중에 왁자지껄 떠들어도, 저들끼리 종주먹을 휘두르며 치고받아도, 선생님에게 삿대질을 해 대도 속수무책일 수밖에 없는 것이 작금의 교육 현장이다. 그러니 다소곳한 개가 더더욱 기특할 수밖에.

이제와 생각하니 왠지 옆집 남자가 좀 수상쩍다. 혹시 개 짖는 소리가 하도 지겨워 성대(聲帶)를 아예 절제(切除)해 버린 것은 아닐까 하는 의구심이 드니 말이다. 학생들이 악악대는 소리에 넌더리가 나다 보면 그럴 만도 하지 않은가. 부모나 자식보다 더 애지중지하는 암고양이의 멀쩡한 자궁도 가차 없이 도려내는 세태이니 말이다. 값싼 동정일지 몰라도 짖지도 웃지도 못하는 누렁이를 생각하면 가슴이 다 먹먹하다.

가자, 장미여관으로

인간은 생각과 느낌을 나타내고 전달하는 음성과 문자, 즉 언어 선별력도 갖추었지만 스스로 이를 통제할 줄도 안다. 이런 분별력을 교양이라고 해서 별로 틀린 말은 아닐 것이다.

언어는 사고와 사상에 직접적인 영향을 끼친다. 교육의 수단은 결국 언어가 아닌가. 사상 교육을 통해 사상 개조가 가능한 이유가 바로 여기에 있을 것이다. 그 효과를 극대화하는 과정이 곧 밀봉교육 아닐까 싶다.

문인, 특히 시인들은 가급적이면 극도로 선별되고 정제되고 통제된 어휘나 어절을 사용하려고 노력한다. 이런 언어를 일명 시어(詩語)라 할지도 모른다. 시인이 간택한 언어는 이국 풍경처럼 낯설수록 좋다. 면도날처럼 날카로울수록 좋다. 송곳처럼 뾰족할수록 좋다.

사색과 사유도 긴요하지만 시인이 체로 금싸라기 고르듯 공을 들여 언어를 취사선택하는 과정 또한 중요하다.

장미꽃. 오랜 세월, 세인들로부터 '꽃 중의 꽃'이라는 무한 칭송을 독점해 온 꽃이 장미꽃이다. 어느 날 '산 루이스 레이의 다리'에서 추락한 피오 아저씨의 윗주머니에 장미꽃 한 송이가 꽂혀 있었다. 소문이 나돌기 시작했다. 좋은 소문보다는 나쁜 소문이 장마철 전염병처럼 빠르게 번졌다. 장미는 소문의 괴력 앞에 힘없이 무릎을 꿇었다. 장미꽃은 화심(花心) 깊은 곳에 치유하기 어려운 상처를 입었다.

장미가 손짓한다. 꽃잎이 아직 성한 것으로 보아 '벌레 먹은 장미' 같지는 않다. 선명한 분홍 꽃잎이 제법 야하다. 비록 코끝에 장미향은 닿지 않지만 산책길에 나선 이방인의 눈길을 한사코 끌어당기기에 충분하다. 대로변에 우뚝 선 '로즈 인(Rose Inn)' 간판에서 장미꽃 한 송이가 아침햇살을 받으며 우쭐거린다. 그 뒤로 이층짜리 장미여관이 한눈에 들어온다. 어디선가 시인의 낭랑한 목소리가 들려오는 듯싶다.

러브 이즈 터치(Love is touch)
러브 이즈 휠링(Love is feeling)
가자, 장미여관으로!(Let's go to the Rose Inn!)

해사한 여인이 장미여관 이층 복도에 나타난다. 방금 사워를 하고 나왔을까, 젖은 금발에서 김이 모락모락 오른다. 여인이 번갈아 난간에 발을 올리기도 하고, 손으로 난간을 붙잡고 스트레칭으로 몸을 풀더니 양팔을 벌리고 길게 하품을 지른다. 입매가 꼭 장미꽃 잎 같다.

차림새나 나이로 보아 '네 뾰족한 손톱마다 색색가지 매니큐어를 발라 주고 싶어' 안달하는 어느 야한 것이 좋다는 시인 교수를 졸졸 따라나선 여학생 같지는 않다.

생뚱맞게 영화 ≪바람과 함께 사라지다≫에서 여주인공 스칼렛이 발코니에서 늘어지게 기지개를 켜던 장면이 생각난다.

여관 옆 골목길에서 허름한 차림의 사내들이 모여 하루를 연다. 하루벌이 일거리를 기다리는 막노동꾼들이다. 하나같이 큼직한 도시락 가방을 들고 골목을 서성인다.

오늘도 어제와 마찬가지로 통도 트기 전에 옹색한 잠자리를 털고 일어났을 것이다. 세면을 얼추 마치고 도시락을 대충 꾸려 조용히 집을 나섰을 것이다.

내일도, 모레도, 글피도 그럴 것이다.

저들에게 장미여관은 사랑의 밀어를 속삭이는 밀회 장소가 아니다. '발가락 냄새를 맡고 싶어, 그 고린내에 취하고 싶어' 찾는 밀실 공간도 아니다. 몸뚱이를 저당 잡혀서라도 일용할 양식을 구하려고 모여든 하루벌이 노동자들이 누군가의 손짓을 기다리며 세월을 삭이는 삶의 현장일 뿐이다. 간판에 활짝 핀 장미는 그들에게 탐스럽지도 향기롭지도 않다. 저들에게 장미꽃은 고향에 계신 어머니가 손수 구워 낸 따끈따끈한 빵으로 보일지 모른다.

공원을 두어 바퀴 돌고 집으로 향한다. 장미여관 인근에 오래된 도넛 가게가 있다. 동양인으로 보이는 까무잡잡한 주인 여자가 24시간 문을 열어 놓고 영업하는 삶터다. 간단히 요기나 할까 싶어 다가서는데 노무자 서너 명이 각기 커피 잔을 들고 나오려 한다.

얼른 문고리를 당겨 열어 준다. 앞선 사내가 미소로 고마움을 표하더니 뒤돌아 동료들을 다그친다.

　　"가자, 장미여관으로!(Let's go to the Rose Inn!)"

장미로 진 지성

오늘
장미여관에서
한 시대의 지성이
목을 매고 숨을 삼켰다

엊저녁
101호에서 밤새도록
교성이 새나오고
발가락 냄새가 번졌다

신새벽에
지진이 덮쳤다
Puente 단층선들이
질펀히 난교亂交를 했다

간판에서
장미가 지자
동숙녀가 앞나서
만천하에 대고 선언했다

그는 자살한 게 아니라
자결 당했어라
음란 교수도 색마도
누명이었어라

밤새도록
발가락만 빨다 부양한
임은 비로소
자유인이 되었어라

(2017. 9. 5)

*푸엔테 단층선 : 캘리포니아 지진대

손녀와 노파

　며칠 전 좀 늦게 아침 산책길에 나섰다가 녹슨 손수레를 끌며 끙끙대는 노파를 차마 그냥 지나칠 수가 없었다. 이따금 옹알이라도 하듯 입속말을 우물대는 억양으로 보아 러시아 태생 할머니가 아닐까 싶었다. 삼사백여 야드쯤 떨어진 집까지 짐을 옮겨 주느라 오랜만에 땀깨나 흘렸다. 생각보다 무겁기도 했지만 그보다 전혀 말이 통하지 않아 한참 애를 먹었다. 길을 비켜 달라 해도 "노!" 어느 집이냐 물어도 "노!" 전등불을 밝혀 달라 해도 "노!" 소리만 되뇌었다. 가까스로 거실까지 짐을 옮겨 주고 떠나려는데 그제야 비로소 또렷이 "땡큐!" 하며 세파에 얽힌 주름투성이 손을 흔들어 주던 그녀가 눈에 선하다.

　아기가 하루하루 모습을 갖추어 가는 과정은 대견하고 신통하다. 아가가 옹알거리는 모습은 진기하고 신기하다. 젖먹이가 요람에 누워 혼자서 놀소리를 할 즈음이면 용하다 못해 신통방통하기 그지없다. 옹알이나 놀소리는 설익은 말이다. 무언가 속생각을 나름대로 표출하려는 노력의 일환이기도 하다. 옹알이와 놀소리를 통해 말은 서서히 영글어 간다.

이때쯤이면 어른들은 한시름을 놓기 마련이다. 아기가 건강하게 성장할 수 있는 첫 난관을 무사히 통과했다는 믿음이 서기 때문이다.

아이 넷을 낳아 길렀지만 손수 땀 흘려 가며 돌보아 준 적은 한 번도 없었다. 그래서 아이들 성장 과정을 제대로 실감해 보지 못했다. 하지만 은퇴 후 늦깎이로 젖먹이 손녀를 보살피면서 아이의 놀라운 변신을 새삼 깨달을 수가 있었다. 묽디묽은 젖을 빨고서도 제법 형체를 갖춘 똥을 싸는 아기는 귀엽고 기특했다. 기저귀를 갈아 주느라 옷가지를 들추면 물큰한 똥냄새가 훈훈하고 구수하게 느껴지곤 했다.

오늘 동네 교회에서 열린 어린이 성탄절 공연에 다녀왔다. 저보다 덩치가 우람한 백인 소년소녀들 틈에서 크리스마스 캐럴을 부르며 즐겁게 춤추는 손녀가 꽤나 깜찍했다.

비록 단막극이지만 거침없이 연극 대사를 오롯이 종알대는 손녀를 스마트폰에 담으면서 절로 삐져나오는 웃음을 참느라 애를 먹었다. 옹알이 놀소리를 들으며 기뻐하던 때가 바로 엊그제 같은데 어느새 짧지도 않은 대사를 달달 외다니 참 장하다 싶었다.

섭취한 음식을 소화시키고 찌꺼기를 제때 배설하지 못하면 변비에 걸린다. 변비는 만병의 근원이라지 않는가. 그렇다고 시도 때도 없이 설사를 해 대면 영양실조에 걸리기 십상이다. 마찬가지로 직간접 경험을 통해 입력한 지식이나 정보도 때맞춰 출력해 주어야 마땅하다.

말수가 지나쳐도 문제지만 너무 과묵해도 좋을 리 만무하다. 하고픈 말을 적시에 출력하지 못해 과부하에 걸리면 육체는 물론 정신마저 병들고 만다.

글은 말의 범주에 속한다. 그래서 말과 글을 아울러 언어라고 하지 않는가. 세상사에 쫓겨 정신없는 사람들보다는 한가로운 사람들이 글쓰기에 더 좋다. 하지만 요즘은 여유로운 시간을 이용하여 글을 쓰기보다는 가상공간을 들락거리며 영양가도 시원찮은 잡다한 지식을 포식하는 경우가 참 많다. 솔직한 내 고백이기도 하다. 그렇고 그런 정크 푸드를 과식하고 언어를 통해 적절히 배설하지 못하면 심신이 아울러 건강할 까닭이 없다.

요즘 손녀는 틈만 나면 동영상 만화에 빠지는 경향이 있어 은근히 걱정된다. 하지만 조잘대기도 잘해 그나마 다행이다. 만화 삼매경에 빠졌다가도 걸핏하면 할아비 영어 발음이 틀렸다며 잔소리를 해 댄다. 고게 밉고 귀찮기는커녕 오히려 다행이다 싶어 반가울 따름이다.

오늘은 온종일 겨울비가 잔사설을 늘어놓는다. 문득 며칠 전 산책길에 만났던 노파가 궁금해진다. 자식들은 일터로 나가고 손주들마저 등교를 했을 것이다. 지금쯤 노파는 혼자 댕그라니 집을 지키며 입을 봉한 채 빗소리를 들으며 지겹도록 시간이나 죽이고 있지 않을까.

혹 가까운 이웃에 고향 친구라도 있어 답답하고 외로울 때면 서로 오가며 허물없이 수다라도 떨 수 있었으면 얼마나 좋으랴.

별의별
세상

스님과 스티브 잡스

　생계를 위해 일정 기간 계속 종사하는 일을 직업 또는 생업이라고 한다. 누가 내게 직업이 무엇이냐고 물으면 무위도식한다고 이실직고하기가 쑥스러워 "그냥, 그저." 하고 얼버무리곤 한다. 비록 은퇴는 했어도 하릴없이 빈둥댄다는 것이 별로 떳떳치 못하다는 생각이 들기 때문이다. 그렇지만 무엇으로 소일하느냐 물으면 "글도 쓰고 여행도 다닌다오." 라며 기탄없이 대답한다. 그러다가 누군가가 행여 "작가시군요. 그럼 고료 수입이 제법 되겠네요." 하면 말을 잃고 머쓱해진다.

　많고 많은 직업 중에는 천직(天職)도 있고 성직(聖職)도 있다. 천직 하면 제일 먼저 떠오르는 것이 교직(敎職)이다. 그런데 사회 일각의 현상이라지만 교직자들이 스스로 노동자를 자처하며 꽹과리를 두드리며 분란을 일삼다 보니 저들에 대한 존경심이 깡그리 사라진다. 실로 안타까운 일이다. 성직을 직업으로 간주하기는 좀 민망하다. 설령 눈살 찌푸리게 하는 성직자가 적지 않은 것 또한 사실이지만 그렇다고 성직을 생업으로 간주하기에는 왠지 신성을 모독하는 것 같아 공연히 죄스럽다.

신문에서 읽었다. 중년을 넘긴 스님께서 골프를 치다가 골프공이 연못으로 들어갔다. 도탄에 빠져 허우적이는 가엾은 중생에게 구원의 손길이라도 뻗듯, 연못에 빠진 공을 건지려다가 익사했다는 짤막한 기사였다. 골프공을 위해 살신성인하는 투혼인가, 아니면 공 하나에 연연하는 애집(愛執)인가는 몰라도 좀 안됐다는 생각이 든다. 애석한 일이다. 바라건대 해탈은 몰라도 무탈하게 극락정토에 안착하기를 바란다.

수년 전 작고한 스티브 잡스가 생각난다. 그가 말했다. "지금 일을 사랑하라. 아직도 일이 없으면 계속 찾으라. 결코 안주하지 마라." 하지만 말처럼 쉬운 일이 아니다. 아니, 쉬운 일은 세상 어디에도 없다. 주어진 직분에 충실하기도 어렵지만 생판 하릴없이 소일하기도 쉽지 않다. 그래서 사람들은 행여나 싶어 생뚱맞은 일을 벌이기도 한다. 가끔은 소가 뒷걸음질 치다 쥐 잡듯, 엉뚱한 발상으로 천금의 기회를 거머쥐는 행운아도 있다. 부러운 일이다.

밤하늘에 별들만큼 숱한 문인들 중에 글로 생계를 해결하는 사람은 극소수에 지나지 않는다. 대다수의 작가들은 생계에 보탬은커녕 오히려 생활비를 쪼개고 아껴 생돈을 들여 가면서 창작 활동을 한다. 내가 분수도 모르고 기를 쓰며 글쓰기에 매달리는 것이 사치에 지나지 않는다는 생각이 들곤 한다. 그렇다고 부업을 찾아나설 형편도 못 된다. 취미 또한 그렇다. 삼십 년 가까이 즐기던 골프마저 대수술 후 체력이 따르지 못해 필드에 나가고픈 욕심은 언감생심에 불과하다.

화창한 봄날, 한창 나이의 건장한 스님이 산천경개를 벗 삼아 골프를 치며 동반자들과 우의를 좀 다졌기로서니 이를 탓할 생각은 조금도 없다. 그렇지만 좀 아쉽긴 하다. 정정한 체력과 맑은 정신으로 선방에라도 들어 참선에 들던가, 법당에서 법사를 행하던가, 그도 아니면 험난한 세상살이에 마음고생 몸 고생하는 중생이나 보살폈더라면 더 좋았을 것을.

그러다가 어느 날 높은 장작더미 위에서 와선(臥禪)에 든 채 불제자들의 애도와 합장을 받으며 다비(茶毘)에 부쳐졌더라면 얼마나 좋았을까.

연못에서 골프공을 구제하려다 익사한 스님과 속세의 명성을 가슴 가득 안고 저세상으로 떠난 스티브 잡스는 같은 나이에 세상을 하직했다. 저들의 삶과 죽음의 무게를 놓고 경중을 가릴 생각은 추호도 없다. 저들이 남긴 족적을 놓고 대소를 따지고 싶지도 않다.

요즘처럼 살벌하고 각박한 세상에 이웃들에게 하등의 피해나 상처도 입히지 않고 세상을 떠난다면 그로써 무난한 생애를 마쳤노라 박수를 쳐 주고 싶다.

타주로 이주할 날짜가 가깝다. 그리 많지도 않은 살림이지만 대충 챙겨 놓았다. 며칠 후 운송업자에게 이삿짐을 맡기고 나면 아내와 둘이서 홀가분한 기분으로 대륙 횡단 길에 나설 것이다. 설렘도 있고 아쉬움도 남는다. 연못에 빠진 골프공쯤은 가치 목록에서 과감히 지워 버리고, 결코 안주하지 말라는 스티브 잡스의 충언에 기대 삶의 종착역일지도 모를 두문동을 향해 머나 먼 길 떠날 것이다.

죽어도 싸지

눌 데서 누고 쌀 데서 싼다면야
누가 뭐라겠어
아무데서나 바지 내리면
욕먹어도 싸지

이웃집 잔치 마당이 시끄럽다고
핏볼테리어 풀어놓고
시치미 떼는 사람
혼나도 싸지

이웃 아파트 창문턱에 매달려
샤워하는 여인 넘보려다
곤두박질치는 녀석
다쳐도 싸지

하릴없어 낮잠이나 자려다가
새들이 지저귄다고
가로수 향해 산탄총 갈기다니
잡혀 가도 싸지

오랜만에 흘레구름 꾸역대는 날
모처럼 술 한 잔 하렸더니
술상머리에서 흘레붙는 파리
죽어도 싸지

한글세대 유감

막내아들 또래나 되었을까, 존 웨인처럼 우람한 청년이 걸핏하면 쉿(shit) 또는 확(fuck) 같은 넉 자 말(four-letter-word)을 씹어뱉으며 씩씩거렸다. 워낙 힘이 황소 같아 드라이버를 휘둘렀다 하면 공이 까마득하게 날아가 페어웨이 벙커나 숲속에 떨어지기 일쑤였다.

"녀석아, 그게 바로 장타유죄(長打有罪)라는 게야."

나보다 백여 야드나 더 뻗는 그 엄청난 비거리가 부러워도 차마 내색은 못하고 나 혼자 꿍얼거렸다.

골프를 치다 보면 나도 모르게 자주 튀어나오는 말버릇이 있다. 특히 숏 퍼팅을 놓치고 나면 탄식조로 내뱉는 말이 '빌어먹을'이다. '빌어먹을'은 일종의 감탄사다. 일이 뜻대로 풀리지 않을 때 가볍게 또는 무심코 내뱉는 이 미끈하게 잘생긴 넉 자를 굳이 곡해해서 들으면 욕설 같기도 할 것이다. 그렇지만 상대방 속내를 제대로 알고 보면 몹쓸 쌍욕이나 악담 축에 끼어들 수조차 없는 말이다.

시월에는 한글날이 있다. 모두들 말로는 나라말과 나라 글을 자랑스럽게 여긴다고 하지만 마음속에는 오랫동안 중독되고 길들여진 한글 폄하 의식이 도사리고 있다. 유방을 젖통이라 하고, 유두를 젖꼭지라 부르면 매서운 눈총을 피할 길 없다. 남의 집을 방문해 "변소가 어딥니까?" 하고 물으면 주인 안색이 변한다. 하물며 "뒷간이 어디 있습니까?" 하고 아무리 겸손하게 물어도 '미친놈 다 보겠네.'라는 소리를 듣기 십상이다. 멀쩡하게 아름다운 우리말이 품위를 인정받지 못해서 그렇다. 아니, '유방' 하면 꼭 사우나탕에 곁들인 찜질방 같고 '유두' 하면 수두나 천연두처럼 고약한 병 같지 않은가.

막내가 초등학생일 때, 아들은 아내의 보람이었다. 어린나이에 사자성어를 술술 외우고 뜻도 거침없이 가린다고 마치 천재나 되는 양 자랑했었다. 그러던 녀석이 지금은 한문은커녕 한글로 제 이름 석 자도 제대로 쓰지 못한다. 대신에 요즘은 어느 뒷골목에서 주워들었는가, 쌍스러운 알파벳 넉 자 낱말을 노상 입술에 달고 다닌다. 그렇다고 영어를 본토 사람들만큼 잘하는 것도 아니다. 결국 아내는 이역까지 와서 아들 자랑거리 하나를 잃은 셈이다.

요즘은 가급적 한문 사용을 자제하며 글을 쓰고 있다. 본의가 아니다. 몇 년 전, 어느 중년 문인으로부터 "당신 글에는 한문이 너무 많아 읽기가 수월치 않다."는 말을 들었다.

"아니, 문인이라면서 그 정도를 갖고 어렵다니, 참 한심한 세상이군."

하도 어이가 없어 가까운 문우에게 말하며 혀를 찼다.

"요즘 사람들은 한글세대잖아."

당연한 일을 갖고 왜 그러냐는 듯, 그가 말했다.

한글세대라니. 퍽 낯선 튀기 낱말이다. 한글과 한문이 부적절한 관계를 맺어 생긴 사생아가 아닌가. 차라리 국문세대(國文世代)라 하지 않고. 그건 그렇다 치고, 그럼 우리들 세대는 미세 먼지가 자욱한 서해를 통해 밀입국한 불량 한문세대(漢文世代)란 말인가.

언어는 사고방식에 지대한 영향을 끼친다. 글자도 마찬가지다. 세대 간 소통이 불통이어서 상황이 심각하다고 아우성들인데 한문세대와 한글세대로까지 편을 가르다니, 생각하면 할수록 참담하고 암담하다.

나는 이날 이때까지 한자도 당연히 우리 글자라는 신념을 안고 살아왔다. 한자는 기원전 구석기와 신석기시대를 거쳐 청동기시대에 이르도록 중원을 포함한 하북(河北), 즉 황하(黃河) 이북을 지배하던 동이민족이 창안하고 발전시켜 온 글자다. 하나라와 은나라도 동이민족이 세운 나라라 하지 않는가. 중국인들이 숭상해 마지않는 요임금 순임금도, 백이숙제도, 공자도 다 동이족이다. 한자가 결코 하남(河南) 땅 여기저기에 흩어져 근근이 살던 저들 한족(漢族)의 고유 문자일 수야 없지 않은가.

민족의 얼이 배어 있는 한자, 우리 민족이 반만년 넘게 사용해 온 한문을 마치 걸레라도 되듯 괄시하는 교육 제도에 문제가 있다. 한국인 거의 모두가 한문으로 조합된 성과 이름을 사용한다. 뿐만 아니라 대한민국(大韓民國), 애국가(愛國歌), 헌법(憲法) 등도 버젓이 한문으로 표기되어 있다. 지명은 또 어떤가. 한자로 된 지명이 대부분이다. 그런데도 우리나라 미래의 주역들이 한문을 몰라서야 쓰겠는가.

이러다간 우리 모두 창씨개명을 해야 할 판국이다. 그 옛날 아메리칸 인디언들이 '두 주먹 불끈 쥐고 하늘 쳐다보다.'라든가 '꾀꼬리 앵두나무에 둥지 틀고'라 했듯이 과감하게 이름을 바꿔 버리면 어떨까. 내 이름 사무(思無)도 '털끝만치도 생각머리가 없는 멍청한 녀석'이라고 개명해 버릴까. 이름이 좀 길다 싶어도 그렁저렁 부르다 보면 괜찮아질지도 모른다.

그렇다면 대한민국(大韓民國)이란 국호, 아니 나라 이름은 어쩌란 말인가.

'겨레 무리지어 더불어 사는 큰 나라'라고 하면 어떨까. 아무리 나라 이름이 길어 보았자 대영 제국을 뜻하는 'The United Kingdom of Great Britain and Northern Ireland'보다야 훨씬 짧고 읽기에도 수월치 않은가.

더 심각하게 고민해야 할 게 있다. 바로 정치가(政治家)라고 하는 골 때리는 군상(群像), 아니, 무리들 말이다. 저들을 대관절 뭐라 불러야 민초들이 고개를 끄덕이려나.

페일언하고 내게 좋은 생각이 있어 차제에 감히 소개해 본다.

'풀뿌리 즈려밟고 가시옵는 님들'

어떻습니까. 제법 그럴싸하지 않습니까.

병원에서 만난 노신사

　달포 전, 검진을 받기 위해 반바지와 티셔츠 차림으로 병원을 다녀왔다. 운동모를 눌러쓰고 슬리퍼 형 신발을 신은 채 대기실에 앉아 스마트폰으로 병명(病名)을 검색하고 있었다.

　모자 밑으로 삐죽 삐져나온 백발 귀밑머리와 턱수염이 눈에 띄었던가, 정장 차림으로 의젓하게 옆자리에 앉았던 노신사가 말을 걸어왔다.

　"실례지만 올해 몇입니까?"

　"그렁저렁 팔십 가깝습니다."

　"아직 한창이군요. 전 구십이 내일모렙니다."

　"그렇습니까. 아직 정정해 보입니다."

　"미국엔 얼마나 사셨나요?"

　"한 삼십 년 가까이 됩니다."

　"보아하니 미국화(Americanized)가 다 되셨군요."

　병원 문을 나서며 노신사의 말을 곱씹어 보았다. 노인 말이 자꾸 마음에 걸렸다. '미국화'라니 도대체 무엇이 어쨌단 말인가. 혹시 내 옷차림으로 미루어 양반 구실 하기는 영 글렀다고 비꼬는 것일까, 아니면 보기에 썩 좋다는 인사치레일까. 그도 아니면 낮살깨나 먹은 주제에 채신머리사나운 옷차림으로 나다닌다는 질책일까, 자유분방한 복장이 부럽다는 소회일까.

노신사 속내가 무척 궁금했다. 되돌아가 따져 묻기도 귀찮고 민망할 것 같아 차에 올라 시동을 걸었다. "까짓, 맘대로 생각하라지." 중얼거리며 귀갓길에 올랐다.

박경리의 대하소설 ≪토지≫를 읽다 보면 홀태바지를 입은 양반 이야기가 나온다. 최 서방이었던가 김 서방이었던가, 아무튼 신분이야 양반이 틀림없지만 옷차림으로 보면 양반 같지 않은 양반 이야기다. 소설 ≪임꺽정≫에는 채수염을 기른 채신머리없는 철물점 주인 사이비 양반 이야기가 나온다. 양반티를 내느라 객쩍게 개폼을 잡다가 뜨내기 소금장수에게 망신을 당하더니 결국에는 화적들에게 온 집안이 도륙당하는 거짓 양반 이야기다.

홀태바지 차림으로 춤을 추면 거추장스럽지도 않을 뿐더러 춤바람 날 염려도 없다. 그래도 나팔바지 정도는 입고 설쳐야 바짓가랑이에서 춤바람도 일지 않겠나. 홀태바지에 채수염까지 기르고 춤판에 나서면 그야말로 가관일 게다. 제아무리 지체 높은 양반일지라도 제대로 대접받기는 글렀다. 어디 그게 남정네뿐인가. 여인네가 몸뻬바지 차림으로 카바레에 드나들면 오해받기 십상이다. 아무리 요조숙녀라도 "아줌씨, 여기 재떨이 좀 비워 줘요."라는 민망한 소리를 듣기 마련이다. 치마나 스커트라면 모를까, 이왕지사 바지 차림으로 나설 양이면 아랫단이 나팔처럼 널찍한 판탈롱 정도는 입고 플로어를 누벼야 춤바람도 나지 않겠나.

혹시 누가 나더러 미국 생활이 왜 그리 좋냐 물으면 좌고우면할 것도 없이 옷차림 때문이라고 대답한다. 경조사라도 있으면 모를까, 정장 차림으로 나설 일이 별로 없어서다.

더군다나 타국 생활을 하다 보면 꼭 참석해야 할 경조사도 별로 없다. 그래서 평소에 청바지나 반바지를 입고 거리를 활보해도 거리낄 것이 전혀 없다. 대충 걸치고 나다니는 정도가 너무 지나치다 보니 아내로부터 가끔 지청구를 듣곤 했지만 그마저 지쳤는가, 요즘은 모르쇠를 놓는다. 그 무간섭 무관심이 별로 나쁘지 않다.

옷이 날개라는 말이 있다. 옷을 잘 차려입으면 하찮은 사람도 돋보인다는 말이다. 그렇지만 세상을 살다 보면 좋은 옷이 화근일 경우도 다반사다. 정장 차림에 고급차를 몰고 고속도로 진입로 입구 신호등 앞에 정차하고 있으면 느닷없이 나타나 차창에다 싸구려 비눗물을 마구 뿌려대며 통행세를 부과하는 거한을 만날 수도 있다. 행여 멋쟁이 차림으로 도심을 걷다가는 으슥한 뒷골목으로 초대받기가 여반장(如反掌)이다. 그것도 아리따운 동네 여반장(女班長)이라면 혹여 모를까, 험상궂은 무뢰한이니 어쩌겠는가. 속곳 바람으로 골목을 탈출해 목숨만이라도 부지할 수 있다면 그게 바로 운수 대통이다.

연일 계속되는 뙤약볕과 건조한 날씨에 산지사방에서 산불이 끊이지 않는다. 진화 작업에 투입된 혈기 왕성한 소방대원들은 언제쯤 숨이 콱콱 막히는 소방복을 훌훌 벗어던지고 잠시나마 누적된 심신의 피로를 풀 수 있으려나.

어쩌면 병원 대기실에서 만난 구십 객 노신사도 지금쯤 정장은 아예 장롱 깊이 처박아 버리고 허름하고 간편한 옷차림으로 홀가분하게 늦여름을 보내고 있지 않을까.

노신사의 근황이 자못 궁금하다.

비둘기가 웃는 까닭

야산 자락 나뭇등걸에 앉아 숨 좀 돌렸더니
비둘기 한 쌍 빤히 나를 건너다보며
짐 캐리 춤추듯 모가질 끄떡끄떡
키득거린다

볼기리라도 있나 싶어 좀 쑤시는 다람쥐 녀석
까치발 동동대며 화등잔 밝히더니
활짝 핀 뻘기 꼬랑지 까닥까닥
장단 맞춘다

무엇이 저렇게도 신날까 발치 앞 들여다보니
굼벵이 닮은 콘돔 맨땅에 널브러져
한여름 뙤약볕에 부글부글
속 끓인다

사랑의 잔해도 저리 초라할 수 있으려나 싶어
낯간지럽다 슬슬 피하려는데
비둘기 둘이 움찔움찔
물찌똥 갈긴다

*짐 캐리 : 캐나다 출신 희극 배우

먼 훗날 어디선가

수종사(水鍾寺)! 까맣게 잊고 지내던 흑백 사진 한 장이 눈길을 끌었다. 반가웠다. 꽤나 먼 옛날이었다. 고등학교 2학년 말, 치기에다 방랑벽까지 있어 늦가을에 혼자 수종사를 찾았다. 애초 수종사를 염두에 둔 여정은 아니었다. 발길 닿는 대로 양수리와 퇴촌을 거쳐 인근 강촌을 쏘다니다가 어렴풋이 들려오는 범종 소리에 이끌려 무작정 찾아든 곳이 수종사였다.

하룻밤을 절에서 지내며 담소를 나누던 중, 스님이 선문답 식으로 던진 말이 어렴풋이 생각났다. "학생, 예가 바로 풍륜(風輪) 수륜(水輪) 금륜(金輪)이 우주공간을 부유하는 삼천대천세계(三千大千世界)의 한 축인 금륜, 그 한복판에 치솟아 높이가 팔만사천 유순(由旬)이나 된다는 수미산(須彌山) 산자락이라오."

이튿날 동틀 무렵, 절 뒷산에 올랐다. 자욱한 안개를 헤치며 정상에 오르니 새벽 하늬바람에 허겁지겁 흩어지는 운무 사이로 꿈길처럼 아득한 한강 줄기가 아스라이 내려다보였다.

흐르는가 멎었는가 가늠할 수 없는 강줄기 너머로 흰회색 굴뚝

연기 예닐곱 가닥이 굼실거리며 한가로이 피어오르고 있었다. 내가 정말로 수미산에 들었던 걸까. 어쩜 말로만 듣던 선경이 아닐까 싶기도 했다. 불현듯 절에 눌러앉아 불목하니 노릇이나 했으면 싶어 큰맘 먹고 스님께 부탁했지만 이번일랑 그냥 집에 돌아가 시간을 갖고 숙고 또 숙고한 후 새봄 꽃필 즈음 다시 보자 했다.

수종사에서의 하룻밤이 인생을 송두리째 바꿔 버렸다. 공대 건축과나 토목과를 목표로 이공계반에서 입시 준비에 여념 없던 어느 날 느닷없이 인문계, 그것도 굳이 철학과를 가겠노라고 선포했더니 주위에서 난리가 났다. 특히 당시 설익은 풋사랑을 공들여 뜸들이고 있던 여자 친구는 기가 차다는 듯 "왜 하필 세상을 거꾸로 보는 학과야?" 한 마디 던지고는 그 후 몇 달도 지나지 않아 첫사랑의 아픔만 남기고 떠나 버렸다.

사람들은 일생을 살아가면서 어쭙잖은 계기로도 인생길이 바뀐다. 나 또한 어릴 적 하루 낮 하룻밤의 짧은 방랑길에 혀끝으로만 맛보았던 무상해탈(無相解脫)로 해서 식구들뿐만 아니라 사랑하던 여인도, 가까운 친구들도, 하다못해 담임선생님조차 탐탁지 않다며 극구 말리던 엉뚱한 방향으로 이물을 틀었다. 구태여 거창스레 운명이니 숙명이니 중하감 있는 자구를 내세우고 싶지는 않지만 지금껏 그 결과에 묶여 그 업보를 안은 채 살아가고 있다.

로버트 프로스트의 <가지 않은 길(The Road Not Taken)>이란 시는 이렇게 끝맺는다.

I shall be telling this with a sigh

Somewhere ages and ages hence:
Two roads diverged in a wood, and I--
I took the one less traveled by,
And that has made all the difference.

먼먼 훗날 어디선가, 난
한숨 섞어 말하리라
숲속 쌍갈랫길에서, 난
발길 뜸한 길을 택했노라
해서 모든 게 달라졌노라고

　이웃에 한국서 유학 온 학생이 있었다. 악보 한 줄 제대로 읽을 줄 모르면서 어떤 곡이든 한두 번만 귀 기울여 들으면 기타 연주로 거의 완벽에 가깝게 음계를 잡을 줄 알았다.
　그의 꿈은 음대를 졸업하고 연예인의 길을 걷고 싶다는데, 의사인 양친은 부득부득 의대에 들어가기를 바란다며, 그로 인한 강박증인지 가끔 구토증까지 도진다고 하였다.
　"하고 싶은 일 하며 산다는 게 쉽지는 않은가 봐요, 할아버지."
　어느 날 그가 말했다.
　하고픈 일을 하며 산다는 것은 분명 복이다. 그것도 지복임에 틀림없다. 때늦은 욕심을 못 참아 문단에 발을 딛고 보니 부담감이 적지 않다. 그래도 느지막이 만난 반갑고 고마운 연분이라 여겨 무딘 손가락을 꼼실거리며 자판을 두들긴다. 늦깎이 염복이 과연 진짜 복일지 아니면 한갓 물거품일지는 몰라도 꽃 한 송이 피어나기를 염원하는 마음으로 밤을 지새운다. 밤이 깊어 간다. 어디선가 옛이야기를 속닥이듯 풍경 소리가 들려오는 듯싶다.

OX 문제가 문제다

한창 잘되어 가고 있는 일에 공연히 끼어들어 훼방을 놓거나 트집을 잡으며 헤살 놓는 짓을 '찬물을 끼얹는다.'라고 한다. 요즘과 달리 재밋거리라곤 별로 없던 옛 시절, 어쩌다 개들이 흘레라도 붙으면 그만한 구경거리가 달리 없었다. 동네 꼬마들이 작대기를 휘두르며 짓궂게 굴어도 여간해선 떨어질 줄 몰랐다. 그때 이웃 병철이란 녀석이 어디선가 찬물 한 바가지를 떠와 끼얹었다. 질겁한 개들이 후닥닥 짝짓기를 포기하고 사타구니에 꼬리를 감춘 채 도망쳤다. 그 모습을 지켜보며 계집애 사내애 할 것 없이 배꼽을 잡고 깔깔대던 기억이 지금도 삼삼하다.

한동안 외도로 이탈했다가 어쭙잖은 사연으로 다시 정도로 돌아섰다. 그렇다고 새삼스레 무슨 탈선이나 불륜 이야기가 아니다. 나는 골수까지 다저스 팬이다. 사반세기 동안 지조라도 지키듯 엘에이 다저스 팀을 응원해 왔다. 그러다가 재작년부터 한국 선수들이 MLB에 대거 진출하면서 늦바람이 들었다. 마침 다저스의 한국인 투수도 부상으로 결장하던 때라 피츠버그, 텍사스, 시애틀, 볼티

모어와 세인트루이스 팀 등을 두루두루 기웃대다가 두 손 탁탁 털고 다시 다저스 팬으로 복귀했다.

피츠버그의 강 아무개가 노년에 모처럼 불기 시작한 바람기에 찬물을 한 바가지 끼얹은 셈이다. 지금도 나는 강 선수의 성추행 사건이 악의적으로 부풀려졌다고 굳게 믿고 있다. 그렇지만 사건을 계기로 그 선수는 물론 다른 팀에서 활약하는 한국 선수들에 대한 관심뿐만 아니라 호감마저 봄눈 스러지듯 사라진 것 또한 사실이다.

곰곰이 생각해 보면 별것도 아닌 연유로 일도양단이라도 하듯 호불호를 결정하다니, 이는 아무래도 오랜 세월에 걸쳐 체질화된 고질적인 OX식 사고방식 탓이 아닐까 싶다.

한국에는 소위 'OX식 문제'라는 시험 출제 방식이 있다. 하지만 막상 영어권 교육 현장에서는 'OX식 문제'를 찾아볼 수 없다. 저들은 선다식에서조차 옳고 그름을 'O'나 'X'로 가름하라 하지 않는다. 대신에 맞는다고 생각하는 곳에 '첵크 마크 V'를 치라고 한다. 그렇다면 한국 교육 현장에서 부동의 관행으로 뿌리내린 'OX식 문제'는 혹시 일제의 잔재가 아닐까.

청소년기에 집중적으로 받는 학교 교육은 피교육자의 성격이나 인격 형성에 지대한 영향을 끼친다. 낭언히 'OX식 문제'에 익숙하다 보면 'OX식 사고방식'에 길들여지기 마련이다.

그렇다 보니 선현들이 늘 강조하던 중용(中庸)의 도(道)가 들어설 틈이 없어졌다. 사회의 각 분야에서 정(正)의 논리와 반(反)의 논리를 내세워 갑론을박만 벌어질 뿐 막상 가장 필요하고 중요한 합(合)

의 정신이 구실을 담당할 수 있는 틈이 있을 턱이 없다. 그러니 타협의 정신이 맥을 못 추는 것 또한 당연하지 않은가.

우리말에 '모 아니면 도'라는 말이 있다. 그러면 윷판에서 개나 걸이나 윷은 아예 소용에 닿지 않는다는 말인가. '죽기 아니면 까무러치기'라는 말도 있다. 소위 사생 결단식 사고방식이다. 도대체 얼마나 숭고하고 지고한 명분이기에 하나밖에 없는 목숨까지 걸어야만 하는 것일까. 사생 결단식 사고방식은 사생 결단식 선택을 낳는다. 선과 악의 문제가 아니다. 참과 거짓의 문제도 아니다. 옳음과 그름의 문제도 아니다. 그럼에도 극과 극이 상충한다. 좌와 우가 대립한다. 여와 야가 으르렁댄다. 친(親)과 비(非)가 눈을 흘긴다. 골(骨)과 육(肉)이 상잔(相殘)한다. 혹시 이 모든 현상이 'OX식 문제'의 업보가 아닐까.

이를 굳이 영어로 옮기자면 'all or nothing'이나 'sink or swim' 정도가 될 듯싶다. 아니다, 또 있다. 영어권에서 자랑하는 대문호 윌리엄 셰익스피어는 햄릿의 독백을 빌어 저 유명한 "To be or not to be, that is the question."이라는 명대사를 남겼다. 햄릿의 독백이야말로 우리들의 사생 결단식 사고방식과 일맥상통하는 것 같다. 그렇지만 저들은 햄릿의 일도양단 식 'OX 문제'를 교육 일선에 보급하지 않는다. 아마도 교육이 인성에 미치는 영향을 감안한 사려 깊은 교육 행정 때문일 게다.

때늦게 일제의 잔재를 척결하자고 주장하고픈 생각은 추호도 없다. 그것이 일제 식민주의 잔재이건, 중화 사대주의 잔재이건, 서구 자본주의 잔재이건 무엇이 문제이랴. 국익에 도움이 되고 올바른 교육에 적합하다면 그 어떤 외세 잔재도 마다할 이유가 전혀 없다.

그렇지만 국민 정서를 병들게 하고, 인성을 모질게 하고, 사고 방식을 뒤틀리게 하는 소위 'OX식 문제'나 'OX식 퀴즈'는 과감히 척결하는 것이 사리에 맞는다고 본다.

허상虛像과
실상實像

OK목장과 케니 지의 이혼 사유

몇 년 전, 아내와 함께 테메큘라에서 있었던 케니 지(Kenny G) 연주회에 다녀왔다. 당시 케니 부부는 20여 년에 걸친 결혼 생활을 접으려고 이혼 소송이 한창 진행 중이었다. 일 미터 육십 센티도 채 안 되는 작달막한 체구에 곱슬머리 장발을 어깨까지 늘이고 클라리넷을 연주하던 모습이 지금도 생생하다. 그를 대표하는 연주곡은 <Going Home>이다.

이 나라 부부들은 서로를 'Honey'나 'Sweetie(또는 Sweetheart)' 혹은 'Baby'라고 부르며 산다. 오랜 세월 'OK목장'의 지킴이가 되어 주던 'Darling'은 악당들 등쌀에 밀려 보안관 배지를 앗긴 것 같다. 케니 부부도 20년 동안 Honey, Sweetie, Baby라는 불량배들과 같은 공간에서 지지고 볶으며 살다 보니 겁도 나고 신물도 나고 단물 빠진 껌처럼 질릴 만도 했을 것이다. 그러니 케니가 <Going Home>을 연주하면서도 머릿속으로는 'Going Hell'을 떠올리지 않았을까.

뚱딴지같은 상상일지는 몰라도 식상한 호칭이야말로 부부 관계의 걸림돌이 아닐까 싶다.

요즘 양봉업자들이 벌통에 설탕물을 잔뜩 부어 넣고 꿀 같지도 않은 꿀을 양산한다는데, 이는 한 마디로 가짜 꿀이 아닌가. 그러니 'Honey'는 곧 '믿지 못할 임'이다.

Sweetie도 그렇다. 설탕은 소금과 더불어 건강에 해롭다며 괄시받기 시작한 지 꽤 오래다.

게다가 아무리 달콤해도 세월 먼지가 켜켜이 쌓이다 보면 어느새 시큼털털해지고 쿠린내마저 풍기기 마련이다. 그래서 'Sweetie'건 'Sweetheart'건 '한물간 사랑'이다.

Baby는 못 말리는 철딱서니다. 아무리 귀엽고 예쁘다 한들 응석둥이 아내나 남편을 검은 머리 파뿌리 되도록 보듬고 도닥이며 살기가 어디 쉬운 일인가. 따라서 'Baby'는 '골 때리는 짝꿍'이다.

선배이자 은사이신 노교수님 부부가 계셨다. 오랜 세월 봉직하던 교단을 떠나 산발치 한갓진 곳에서 유유자적하셨다. 선배님은 모교인 중고등학교에서 교편생활을 시작하여 대학 강단을 떠나실 때까지 학생들에게 꼬박꼬박 존댓말을 쓰셨다. 하다못해 코흘리개 중학생에게조차 낮춤말을 해 본 적이 없으셨다. 당연히 사모님 역시 학생들에게 반말을 써 본 적이 없으셨다.

두 분은 평생을 서로 아호(雅號)로 경칭하며 깍듯이 존댓말을 쓰셨을 법하다. 성품이나 인품으로 미루어 그 흔한 '여보'나 '당신'이라고 호칭한 적이 있었을 리 만무하다.

그러니 두 분이 여느 부부처럼 '칼로 물 베기'를 하셨을 것이라고 어찌 상상이나 할 수 있으랴. 두 분의 아호를 감히 밝힐 수가 없어 그럴싸한 호칭을 잠시 차용해 본다.

어느 날, 선생님이 거나하게 취해 자정을 훨씬 넘겨 귀가하셨다. 사모님이 물으셨다.

"단애(斷崖) 선생님, 어느 분들과 약주를 드셨기에 이리도 늦으셨습니까?"

은근히 불평 불만기가 배인 타박이었다.

"천화(天花) 님, 제가 많이 늦었군요. 여태 저를 기다리셨나 봅니다. 죄송해서 이를 어쩌지요?"

선배님이 고개를 숙이며 미안해하셨다. 그렇다. 이쯤 되면 호사가가 아무리 밤을 지새워 가며 기다려 본들 부부 싸움을 구경하기는 영 글렀다.

요즘 젊은 부부들은 '여보'나 '당신'보다는 흔히 '오빠'나 '자기'라고 부른다는데 경박스럽다는 생각을 도저히 떨칠 수 없다. 그렇다고 '누구 아빠, 누구 엄마'라기도 틀렸다. 무자식이 상팔자라는 사조가 만연하는 세태에 가당키나 하랴. 궁여지책으로 자식보다 더 애지중지하는 고양이나 개 이름을 들먹이며 '살살이 엄마'니 '해피 아빠'니 부르면 좋겠다고 권하기도 마뜩잖다. 잘못하다간 치명적인 괴소문에 휘말릴 수 있으니 말이다.

어느 날, 자기라고 불리는 여인이 느닷없이 커피 한 잔 하자는 투로 말머리를 던진다.

"오빠야, 우리 찢어지자."

"자기야, 알았어. 그러지 뭐."

오빠라는 사내가 대수롭지 않다는 듯이 대답하고는 말꼬리를 싹

둑 자른다.

자기라는 여인이 생글생글 웃으며 말한다.

"난 살살이하고 살살 살 테야. 오빠는 해피하고 해피 해피해!"

그리고는 청홍군(靑紅軍) 가르듯 쿨하게 헤어진다.

경박한 호칭에 반말과 막말까지 오가다 보면 원앙 부부도 오래 버티기 힘들다. 찰떡 부부도 접시에 떡이 다하면 재채기 한 방에 콩고물만 산지사방으로 흩어지기 마련이다. 그래서 콩가루 집안이라는 고소한 말이 생겼는지도 모른다.

매스컴마다 케니 부부의 이혼 사유가 성격차라고 떠들지만 그거야 판박이 맞춤형 보도일 뿐, 내막을 알고 보면 배터리 파워 나가듯 '호칭의 마력'이 다했기 때문이 아닐까.

구관이 명관이라 했다. 구관을 앞세워 구실도 못하는 신관을 몰아내야 가정의 평화가 가능하지 않을까. 가정사에도 코페르니쿠스적, 혁명적, 복고적 발상이 절실한 시대인 것 같다.

청구(靑丘)에서는 '여보'나 '당신'을 복권시켜 기생오라비 같은 '오빠'나 왈가닥 같은 '자기'를 몰아내고, 예서는 버트 랭카스터처럼 듬직한 'Darling'에게 보안관 배지를 되돌려 주어 불량기가 다분한 Honey, Sweetie, Baby들을 OK목장에서 축출해야 가화만사성할 수 있지 않겠나. 케니 부부가 '구관이 명관'이라는 속담 뜻을 진즉에 깨달아 'Darling'에게 힘을 실어 주었더라면 파국만은 면할 수도 있었을 텐데….

서부극과 눈물

며칠 새 끈질기게 비가 내린다. 가면 갈수록 걷잡을 수 없을 지경으로 얼기설기 꼬여 가기만 하는 세상사를 굽어보며 슬픔을 봇물로 터뜨리는 하늘의 눈물이 아닌가 싶기도 하다.

아침 산보를 포기하고 방 안에 틀어박혀 ≪The Proud Rebel≫이라는 서부 영화를 감상했다.

서부극이 다 그렇고 그렇듯 전말이 뻔하고 흔한 스토리이긴 하지만 오히려 그런 평이함과 소박함이 맘에 들었다.

전쟁 중 화재로 아내를 잃은 주인공 존 챈들러와 그 충격으로 실어증에 걸린 어린 아들 데이비드가 정처 없이 유랑하다가 우연한 기회에 독신녀 린넷의 농장에 머물게 된다.

부자간의 끈끈한 사랑에 감명 받은 린넷이 그들을 식구로 거둔다.

악당들 농간으로 어정쩡히 빼앗긴 아들의 반려견 란즈를 구하려고 적굴을 찾아나서는 존의 결연한 모습이 멋지다. 총격전 와중에 위험에 빠진 아버지를 향해 "아빠, 조심해!" 소리치며 굳게 닫혔던 말문을 다시 연 아들도 대견하다. 아들을 부둥켜안고 감격에 겨워하는 아버지도, 멀리서 달려와 데이비드를 껴안고 기쁨의 눈물을 흘리는 린넷도 아름답다.

나도 모르게 눈언저리로 눈물이 흥건하다.

사람들은 정의로운 사회를 원한다. 불의가 아예 발조차 붙일 수 없는 사회이기를 바라지만 현실은 그렇지가 못하다. 세상 천지에 불의가 횡행하고 겁에 질린 정의는 뒷전으로 물러나 몸을 사린다. 정의가 그렇게 나약하고 비겁하지 않다고 누가 감히 항변할 수 있으랴.

그렇다고 좌절할 일도 비관할 일도 못 된다. 어차피 인간사가 그렇게 굴러왔듯 앞으로도 그렇게 굴러가기 마련이다. 정의가 보무당당하게 활개 칠 수 있는 사회는 한낱 이상향에 지날지도 모른다.

군계일학이란 말이 있다. 닭 무리 속 한 마리 학이 유별나 보이는 것은 당연하다. 만약 학이 동료들 무리 틈에 섞여 있다면 어느 학도 돋보일 수 없으니 말이다.

정의로운 사회에서 정의로운 행위는 별로 감동을 주지 못한다. 오히려 불의가 판치는 사회에서 정의는 그 빛을 발한다. 선과 악도 그렇다. 천사들만 끼리끼리 모여 사는 천상에서 저들은 갑남을녀에 불과하다. 천사는 역시 악마들 틈에서 진가를 발휘한다. 악덕 목장 주인 해리 삼부자에게 시달리다가 끝내 저들을 제압하는 주인공 존 챈들러에게 어찌 감동의 눈물을 아낄 수 있으랴.

하버드대학 철학 교수 존 롤스(1921~2002)는 《정의론》이란 저서를 남겼다. 그는 사회 제도에서 제일가는 덕목은 '정의'라는 입장을 일관되게 견지했다. 그는 모든 개개인은 완전히 평등할 수는 없다는 엄연한 사실에 입각하여 정의의 개념을 풀어 보려고 애썼다. 롤스는 저서를 통해 사회계층 간의 이해상충과 갈등을 제도적 원리로 해소할 수 있으리라 믿으며 그 절차를 확립해 보려고 힘썼다.

차등이야말로 삼라만상의 본성이며 속성이다. 우주공간에 촘촘한 무수한 별들도 제각각이다. 만 포기 풀도, 천 그루 소나무도 하나같지 않다. 하루살이들조차 나름대로 각기 특색이 있다. 사람도 그렇다. 사람마다　태생도, 생김새도, 자질도, 성격도　다르다. 개개인의 능력과 노력도 차이가 지고, 성취욕과 성취도도 차등이 지는 것이 당연하다. 이런 서로 다른 됨됨이를 개성이라고 하지 않는가.

나이가 들수록 눈물만 헤퍼진다는 말이 있다. 그런데 어쩐 일일까, 세월이 어지간히 흘렀건만 내 눈물샘은 말라 들기만 한다. 책만 폈다 하면 조건반사라도 하듯 눈이 뻑뻑해진다.

그래서 요즘은 눈물 약을 달고 산다. 눈물을 투여하고 책을 읽어도 삼사십 분도 지나지 않아 눈이 다시 침침해진다. 웬만한 대작한 질을 완독하자면 최소 한두 병의 눈물약이 필요하다 보니 보험처리도 되지 않는 눈물 값이 제법 부담스럽다. 그런데도 아직 서부극 한 편에 그 값비싼 눈물을 흘릴 수 있다니, 내 몸 구석 어딘가 깊숙한 곳에 비장의 눈물샘이 숨어 있는 것은 아닐까, 은근히 기분 좋아지는 아침이다.

고도를 기다리며

사람들이 평생을 통해 입에 자주 올리는 명제는 누가 뭐라고 해도 '사랑'과 '평화'일 것이다. 그에 비해 가장 무겁고 부담스러운 화두는 '삶'과 '죽음'의 문제가 아닐까 싶다.

전자가 문학이나 음악 등, 예술적 접근이나 해석의 분야라면 후자는 아무래도 철학적 종교적 사유의 영역에 속할 것이다. 생과 사 중에서도 제일 껄끄러워 다루기가 망설여지는 주제는 뭐니 뭐니 해도 죽음이 아닐까.

보름 전에 병원 응급실을 다녀왔다. 좀 호들갑을 떨자면 생과 사의 경계 또는 죽음의 문턱을 밟고 돌아온 셈이다. 응급실에서 무사 귀환하고 나니 뚱딴지같게도 새파란 시절에 관람했던 ≪고도를 기다리며≫라는 연극이 문득 생각났다. 육십 년대 말 한국 연극 무대에 처음 올랐던 사무엘 베케트의 ≪고도를 기다리며≫를 당시 사귀던 아내와 함께 관람한 지 어언 반세기가 되었다. 병원에 다녀온 직후, 마이클 린제이 호그(Michael Lindsay Hogg)가 감독한 ≪Waiting for Godot(고도를 기다리며)≫라는 흑백 영화를 어렵사리 구해 감상했다.

한국에서 첫무대에 오른 ≪고도를 기다리며≫는 당해 연도 노벨 문학상을 수상함으로써 연극의 불모지나 다름이 없었던 한국의 연극 무대에서 공전의 히트를 기록하게 되었다.

≪고도를 기다리며≫는 해답이 없는 연극이다. 누구나 관람을 하고 나면 '도대체 고도가 뭐지?' 하고 의문을 품지만 어느 누구도 '고도가 뭐다.'라고 단정 짓지 못한다. 작가인 사무엘 베케트조차 어느 인터뷰에서 '고도'가 누군지, 또는 무엇을 의미하는지 밝힐 수 없노라 자백했다. 각설하고, 인간 존재의 부조리성(不條理性), 불가해성(不可解性), 그리고 불가지성(不可知性)이야말로 이 작품의 롱런을 담보해 주는 매력의 삼대 요체가 아닐까 싶다.

영화 또한 시작부터가 심상치 않다. 을씨년스러운 무대 한가운데에 생사 여부가 애매한 교수목(絞首木) 같은 나무 한 그루가 우뚝 서 있다. 어둠이 서서히 걷히고 전경이 열리면 출연자의 입에서 맨 처음으로 떨어진 대사가 바로 "Nothing to be done.(아무것도 일어나지 않았다.)"라는 독백이다. 출연 배우래야 기껏 대여섯에 지나지 않는 극중 인물들 또한 예사스럽지가 않다. 마치 슬랩스틱 (slapstick) 코미디의 주인공을 연상시키는 우스꽝스런 인물들이 등장해 아귀가 어긋나는 엉뚱한 대화를 천연스레 주고받는다. 주연인 블라디미르와 에스트라공조차 일관성이나 논리성이라곤 털끝만큼도 없는 엇박자 대화를 나누곤 한다.

젊어서는 '고도'라고 하는 기다림의 대상을 긍정성(肯定性)에 둘 수 있었다. 어떨 때는 '사랑'으로, 경우에 따라서는 '희망'이라는 낱말로 '고도'를 대위(代位)시켜 보곤 했다. 아마도 극 중에 소년이 나타나 "고도는 내일 오겠답니다."라고 전하듯이 당시만 해도 내게 '내일'이란 미래가 엄존했기 때문이었으리라. 그럼에도 불구하고 '고도'와 '사랑', 또는 '고도'와 '희망'이 어딘지 모르게 부자연스러운 조합이라는 느낌을 떨쳐 버릴 수 없었다.

그렇지만 노년을 살면서 응급실까지 다녀온 후 영화로 다시 보니 나도 모르게 '고도'라고 하는 기다림의 대상을 부정성(否定性)에서 찾게 되었다. 그건 바로 '죽음'이었다.

'고도'와 '죽음'은 조금도 어색하지 않는, 그야말로 잘 어울리는 짝꿍 같다는 생각이 든다.

이를 보강이라도 해 주듯, "산모는 무덤가에서 해산을 하고, 빛도 잠시, 곧 밤이 다시 온다네."라는 대사가 한동안 뇌리 어름에서 맴돌았다.

삶이란 일종의 습관이다. 극 중 인물들이 어제 '고도'를 기다렸듯이, 오늘도 '고도'를 기다리듯이, 내일 또한 '고도'를 기다려야만 하듯이, 반복하는 기다림의 연속이 습관이 아니면 무엇이겠는가. 죽음은 자연으로의 회귀다. 태어남을 스스로 인지하고 기뻐한 적이 없듯이, 죽음 또한 슬퍼하거나 두려워할 이유나 전거(典據)가 전혀 없어 보인다.

블라디미르와 에스트라공은 나무를 올려다보며 "우리 나뭇가지에 목이나 매 볼까." 하고 숙덕대지만 수중에 목을 조를 만한 끈이 없다는 사실을 깨닫는다. 내일은 질긴 노끈을 챙겨 두었다가 만약에 내일도 '고도'가 나타나지 않으면 목을 매자고 둘이서 다짐을 놓는다.

　두 주인공은 오늘도 말로는 어서 자리를 뜨자고 하면서도 '고도를 기다려야 한다.'는 당위성을 내세워 현장이라는 체공(滯空)에서 한 발짝도 벗어나지 못한다.

　그렇다. 오늘과 마찬가지로 저들에게 내일 또한 아무 일도 일어나지 않을 것이다. 아니다. 내일쯤이면 어떤 일인가는 몰라도 무슨 일이 꼭 일어날지도 모른다.

　오늘 나에게는 아무 일도 없었다. 내일 또한 아무 일도 없을지 모른다. 아니다. 내일이면 무슨 일인가가 틀림없이 일어날지도 모른다.

꽃집 풍경

정오를 박차고 나온 태양이
거들먹거리며 내려와
야자수 정수리에 폼 잡고 앉을 즈음
샛노란 입아귀에 하품 문 여인
형구刑具를 챙긴다

궁금해 못 견디겠다는 듯 안달 난 햇살
창문틀에 매달려 기웃거린다
강파리한 도수刀手 여인
사금파리보다 날카로운 손톱
고무장갑에 숨긴다

"저 어린것들을 긍휼히 여기사이다"
십자형구十字刑具 치켜들고
제문祭文을 읊는가 싶더니

저런 저런 저를 어쩌나
바르르 파르르 경련하는 포로들

신들린 듯 돌아가는 칼춤 번쩍일 적마다
박피剝皮 요참腰斬 거열車裂로 너덜난 놈
누리끼리 황달黃疸 걸린 놈
가차 없이 오라 질러
시구문屍口門으로 내동댕이친다

당혹한 자유의 여신
기가 막혀 더는 못 보겠는가
쯧쯧 혀를 차더니 아예 외면해 버린다
오수午睡에 익사한 척 태양도
모르쇠 놓는다

셰인, 그는 어디로 갔을까

나는 서부 영화를 무척 좋아한다. 마카로니 풍보다는 전통 서부 영화가 더 취향에 맞는다.

존 웨인이 서부 영화계의 독보적 배우인 것은 익히 알지만 곰같이 우람한 체구와 묵직한 보수적 이미지로 해서 내겐 별로다. 하릴없어 따분하든가 세상사에 골치가 아프면 반세기도 훨씬 지나 고전이 되어 버린 알란 래드가 주연한 ≪셰인(Shane)≫을 감상하며 마음을 추스른다.

셰인은 스토리도 괜찮지만 무대 배경 또한 맘에 든다. 바람처럼 나타났다가 바람처럼 사라지는 방랑자와 전형적인 촌부(村婦) 마리안 사이에 눈에 띨 듯 말 듯 은근한 사랑도 좋다. 요란스럽지도 우악스럽지도 않고 단순 담백한 서정이 오히려 가슴을 적신다. 전문 총잡이 윌슨과 악당 두목 라이커를 해치우고 "사람은 누구에게나 쉽게 바꿀 수 없는 나름대로의 삶의 방식이 있단다."라며 유유히 떠나는 셰인을 향해 꼬마 조이가 애타게 부른다.

"셰인! 컴백!"

소년의 목소리가 음파(音波)로 번지는 황야, 애마 등에 올라 앉아 뒤도 돌아보지 않고 멀어져 가는 마지막 장면에 이르면 나는 생리 현상이라도 하듯 술 한 잔, 그것도 하필이면 막걸리가 생각나곤 한다. 숨도 멈춘 채 막걸리 한 양푼을 벌컥벌컥 마신 후 육질 좋은 파를 숭덩숭덩 썰어 넣은 양념간장에 도토리묵을 골고루 뒤쳐 우적우적 씹어 삼키고 싶어진다.

아내가 가끔 마켓에 들러 막걸리를 사다 준다. 고마운 마음으로 마시기는 하지만 우선 용기(用器)가 얄밉상스럽고 막걸리잔도 마땅치 않다. 크리스털이나 유리잔으로 막걸리를 마시면 괜히 뜨물 마시는 기분이 든다. 그 흔하디흔하던 탁배기 주전자나 쭈그러진 양푼 술잔은 다 어디로 갔을까.

세상사가 팽이 돌듯 정신없이 돌아간다. 큰맘 먹고 구입한 제품의 생명력이 날라리 신세나 마찬가지다. 최첨단 제품들이 제아무리 선풍적 인기를 타고 시중에서 날개 돋친 듯 팔려 나가도 몇 개월도 채 지나지 않아 또 다른 신제품에게 그 자리를 내주어야 한다. 아내가 생일 선물로 사 준 컴퓨터도, 큰맘 먹고 바꾼 핸드폰도 어느새 구닥다리가 되어 버렸다.

자원 낭비는 자연 파괴로 이어진다. 좀 불편하고 멋대가리가 없을지라도 온고(溫故)하는 마음으로 다만 종이컵 하나, 나무젓가락 한 짝까지도 제 살 아끼듯 소중히 한다면 얼마나 좋으랴. 머잖아 대충 쓰다 버린 쓰레기 더미가 지표뿐만 아니라 지하마저 점령할지 모른다.

군걱정일지는 모르지만 언젠가 가까운 장래에 지구가 하나의 거대한 쓰레기 문명총(文明塚)으로 둔갑하지 않을까 걱정스럽다.

오래간만에 모였던 식구들이 하나 둘씩 떠났다. 아내와 둘이서 뒤치다꺼리를 하다 보니 어질러 놓은 콤팩트디스크 무더기 속에서 셰인이 "참 오래간만입니다." 하며 알은체한다.

하던 일을 멈추고 디스크를 걸어 보려고 아무리 애를 써 보아도 계속 헛방만 놓는다. 달포 전에 큰딸이 새로 바꿔 준 디스크플레이어의 작동 방법을 잊어 끙끙대다 보니 손에 익었던 고물 플레이어가 새삼 아쉽다.

별도리 없이 컴퓨터를 찾아 디스크를 걸어 본다. 좁은 화면도 그렇고, 모기 소리만 한 음질도 갑갑하다. 더군다나 바람 소리, 말발굽 소리, 사슴이 첨벙이는 물소리, 조이가 살금살금 움직이다 나뭇잎을 스치는 사각사각 소리도 잘 들리지 않을 뿐더러 그 잔잔하고 은은한 배경 음악의 감미로운 선율마저 제대로 귀청에 와 닿지 않는다.

"셰인! 컴백!"

목소리의 주인공 조이의 역을 맡았던 브랜든 와일드는 1972년, 젊디젊은 서른 살에 콜로라도 덴버에서 교통사고로 세상을 떠났다. 소년 조이의 목소리가 메아리처럼 어렴풋이 들리는가 싶은데, 그늘이 짙게 깔린 야산 발치를 향해 유유히 떠난 황야의 총잡이 셰인……

그는 어디로 갔을까.

불계(不計)의 사랑

불륜(不倫)은 야누스 사랑이다. 불륜이 세인들로부터 치정이니 부적절한 관계니 지탄도 받지만, 예술이란 이름으로 분장하고 무대에 오르면 시시비비를 따지고 가리기조차 어려운 지고한 사랑이 되기도 한다. 그래서 옳고 그름과 이로움과 해로움을 가늠하는 것조차 불필요한 '불계(不計)의 사랑'이 곧 불륜이 아닐까 싶다.

레오나르도 다빈치의 명화 <모나리자>의 주인공 리자 게라르디니(Lisa Gherardini)의 유골이 발굴되었다는 보도가 있었다. 앙상한 백골이 고스라니 남아 살포시 누군가를 포옹하고 있는 듯 보이는 사진도 함께 게재되었다.

모나(Mona)는 이태리 말로 유부녀를 뜻한다. 15세기경 피렌체의 비단 장사꾼이었던 프란체스코 조콘도의 아내 리자(Lisa)는 다빈치의 이웃이었다.

추억만을 간직한 채 떠나기는 너무 아쉬워
끊임없이 속삭이며 그대 곁에 머물지만…

자타가 인정하는 사랑의 유람선 조타수 조용필이 부른 <모나리자>의 노랫말이다.

레오나르도 다빈치와 유부녀 리자 게라르디니가 불륜의 관계였다고 주장할 근거는 어디에도 없다. 그러나 다빈치가 이웃 유부녀 리자를 연모했을 개연성은 없지 않다.

사랑은 열병이라고 했다. 남편 조콘도가 먼 나라로 장삿길을 떠나고 나면 박쥐처럼 리자의 침실 창문 밑에 나타난 다빈치가 밤을 지새워 가며 사랑의 세레나데를 연주하지 않았을까.

밤은 자꾸만 깊어 가는데 차마 떠나지 못해 머뭇대면서 말이다.

두 남녀가 생존한 15세기는 르네상스가 한창 무르익던 전성기였다. 그러니 그녀가 만약 다빈치가 정식으로 채용한 모델이었다면 누드나 반 누드 몇 점 정도는 남겼어야 사리에 합당하다. 그것이 아닌 것으로 미루어 짐작컨대 사랑하는 이웃집 유부녀를 상상의 손길로 더듬으며 그리워하는 마음을 날밤 새워 가며 화폭에 옮긴 그림이 그 유명한 <모나리자>일 가능성이 농후하다. 어쩌면 그녀 또한 밤잠 설쳐 가며 잠옷 바람으로 뜨겁게 달구어진 풍만한 여체를 커튼 뒤에 숨기고 창밖의 얼짱 몸짱 머릿짱인 이웃 사내 다빈치를 훔쳐보며 애를 태웠을지도 모른다.

예로부터 순수한 사랑보다는 어딘가 좀 꼬이고 불륜 냄새가 살살 풍기는, 달리 말해 사회적 통념에서 살짝 일탈해 아슬아슬한 사랑 이야기가 인기를 누려 왔다. 또 그런 사랑 이야기가 감칠맛도 있고 뭉클한 감동도 준다. 로렌스의 <채털리 부인의 사랑>도 그렇고, 영국이 낳은 계관시인 바이런의 애정 행각도 그랬다. 바이런

이 세인들이 말하는 소위 한 가정의 모범 남편으로 고향 땅에 붙박이로 살았다면 과연 광활한 시(詩) 세계가 펼쳐질 수나 있었을까.

인류사를 아무리 훑어보아도 사랑, 특히 남녀 간의 사랑이 인간 사회에서 숭고한 가치로 자리매김한 지는 그리 오래지 않은 것 같다. 선사(先史)와 유사(有史)를 두루 걸친 장구한 세월 동안 이성 간의 정신적 육체적 결합이 사랑 행위라기보다는 일종의 거래 관계나 종족 보존 또는 생존 수단이나 생활 방편이었다고 평하는 것이 오히려 더 사실에 가까울지도 모른다.

아황(娥皇)과 여영(女英)이라는 두 아리따운 공주를 왕좌에 얹어 순(舜)에게 도매금으로 넘긴 요(堯)임금은 영원한 치자(治者)의 귀감으로 숭앙받는다. 그렇다면 두 딸과 순임금의 삼각 혼례는 과연 순수하고 바람직한 사랑의 잔치 마당이었을까, 아니면 어떤 반인권적 반인륜적 흉계가 있는 뒷거래는 아니었을까. 그도 아니면 빅딜(Big Deal)에 매몰된 스몰딜(Small Deal)이었을까. 그마저 아니면 적적한 이웃 노총각을 생각해 베푼 선심이었을까.

<처용가(處容歌)>에서처럼 "둘은 내 것이고 둘은 뉘 것인고. 본디 내 것인데 빼앗긴 걸 어찌하랴."던 처용랑이라는 거사의 허탈감이나, <황조가(黃鳥歌)>에서처럼 하룻밤 만리장성을 쌓고 길을 떠나며 "이내 몸은 뉘와 곰 돌아가랴."던 고구려 유리왕의 장탄식은 사랑이라기보다는 차라리 미련에 더 가깝다.

흙벽에 비스듬히 기대 두 팔로 누군가를 보듬고 있는 듯 보이는 모나리자의 유해가 혹시 젖먹이를 젖가슴에 껴안은 '모정의 자세' 였을까. 그게 맞다면 남편 조콘도의 핏줄이었을까, 불륜의 결실이

었을까. 모를 일이다. 뉘 혈육이든 애기를 생매장했을 리 만무하다. 차마 그럴 수야 없지 않은가. 인간의 존엄성이 복원된 르네상스의 발원지 이태리에서 어찌 어린아이를 순장할 수 있었겠는가. 그렇다면 혹시 이웃 멋쟁이 남자 레오나르도 다빈치의 허상(虛像)을 꼭 껴안은 채 영원히 잠든 '불륜의 자세'는 아니었을까. 허튼 상념이 꼬리에 꼬리를 문다.

자칫 앙금으로 퇴적된 금기의 사랑이 지병(持病)으로 재발할 것만 같은 봄이다.

칸타타

동심원同心圓에 숨은 달 숨죽인다
젖꽃판이 근지러운 이웃 암캐
교성嬌聲을 흘린다

달무리에 밤잠 앗긴 동네 수캐들
캉캉캉 목청 달구어
칸타타Cantata를 합주한다

뒤꼍 어디선가
수태受胎하느라 바쁜
풀벌레 날갯짓 소리가 질펀하다

어느새
온누리 가득하니
비릿한 음기陰氣가 온몸에 감긴다

행간行間
훔쳐보기

나를 슬프게 하는 것들

　안톤 슈낙의 《우리를 슬프게 하는 것들》을 읽어도 예전처럼 공감이 가지 않을 때 나는 슬프다. 혹시 내가 정서적 결핍증이나 무감각증을 앓고 있는 것은 아닐까 걱정도 된다.

　그가 열거한 그 숱한 '우리를 슬프게 하는 것들'은 하나같이 약발이 다해 진짜 슬픔다운 슬픔을 자아내기에는 역부족이다. 좀 듣기 좋게 말해 고전적 슬픔거리라고나 할까, 그래 보았자 상한 우유와 매한가지로 진즉에 유효 기간이 지난 구닥다리들이다. 누가 있어 그런 케케묵은 메뉴에 입맛을 다시겠는가.

　칭얼거리는 손녀를 어르다 보면 밉살스러울 때가 많다. 배가 고파서도 몸이 아파서도 아니다. 단지 심심풀이 땅콩 아작대듯 징징대곤 한다. 그럴 때면 호랑이 담배 피우던 시절 설화(屑話)도 전혀 씨알이 먹히지 않는다. <콩쥐 팥쥐>를 들려줘도 한두 번 눈을 빤짝이다가 느닷없이 한여름 쓰르라미마냥 울보를 허문다. 녹슨 베어링 돌아가듯 뻑뻑한 눈을 달래 가며 애써 동영상을 틀어 주면 그 순간부터 할아비는 거들떠보지도 않는다. 그런 변덕꾸러기 손녀가 나를 슬프게 한다.

안톤 슈낙은 경적 소리를 길게 끌며 밤을 달리는 기차 창가에 기대 하염없이 창밖을 내다보는 여인 또한 우리를 슬프게 한다고 했다. 그러나 요즘은 광속으로 질주하는 전동 열차, 그 불 밝힌 차창에 비스듬히 기대어 청승 떨며 창밖을 내다보는 얼빠진 여인이 있을 리 없다.

꼭이 기차가 전광석화처럼 빨라서만도 아니다. 짐작컨대 어떤 사내를 부둥켜안고 밀어를 속삭이든가, 아니면 둘 사이에 삼팔선을 그어 놓고 각기 스마트폰 삼매경에 빠져 애꿎은 시간만 죽이고 있을는지도 모른다. 기찻길이나 플랫폼에 얽힌 낭만이 증발해 버린 현실이 나를 슬프게 한다.

정든 임 편지라도 한 통 있으려나, 하염없이 동구 밖을 바라보며 우편배달부를 기다리는 망부석 여인이 있을 턱이 없다. 육필 편지를 써 본 적이 언제였던가. 요즘 사람들은 주마등처럼 스쳐 간 옛 사랑의 그림자에 연연할 만큼 여리지도 미련하지도 않다. 기다림과 설렘을 모르는 즉석 시대에 열흘이 넘도록 문자 메시지 한 줄도 보내지 않는 임은 잡초보다 못하다.

잡풀이야 때 되면 풀꽃 한 떨기라도 피우지만, 소식 끊긴 임은 기억에서조차 가차 없이 솎아 내야 속이 후련한 법이다. 그리 덧없는 사랑이 나를 슬프게 한다.

산더미 같은 재화를 어디다 숨길지 몰라 전전긍긍하는 명사들이 세인들 입방아에 오르내릴 때, 해외 비밀 구좌에 부를 숨기고 세금을 꿀꺽한 저명인사들 명단을 읽을 때, 떡값 명목으로 오가는 푸짐한 떡고물 인정을 도저히 이해할 수 없을 때, 묵비권 행사에 이골이 난 독직 죄인의 당당한 모습을 대할 때, 울화통으로 세상을 등진 부모님이 유산이랍시고 남긴 빚더미에 치여 난감해하는 이웃을 대할 때, 그런 인간사가 나를 슬프게 한다.

콘크리트로 중무장한 고궁 담벼락 앞에 마주설 때, 허울뿐인 이름 석 자나 지킬 마음이 쥐뿔만큼도 없는 사랑의 언약을 놀부 심보마냥 삐뚤빼뚤 음각해 놓은 바위산을 오를 때, 빈틈없이 인조 잔디를 깔아 늘 푸른 묘역에서 고인의 묘비명을 들여다볼 때, 딴에는 죽은 자를 위한답시고 지은 우중충한 구조물 내벽에 장마철 독버섯처럼 닥지닥지 매달린 성냥갑 마을을 몇 바퀴째 돌며 옛 친구 이름을 찾아 헤맬 때, 그런 허망한 현실이 나를 슬프게 한다.

각본에 의한 연기일 듯싶은데도 마치 우연한 노출 사고인 척 앙큼스레 옷자락을 여미는 예인들, 이 책 저 책에서 닥치는 대로 남의 글귀를 훔쳐 비빔 글을 발표하고 기고만장하는 문필가들, 말끝마다 국민을 팔아 가며 사욕 채우기에 여념 없는 수전노 양반들, 나랏일은 뒷전에 팽개치고 이권 챙기느라고 눈두덩까지 뻘겋게 멍든 공직자들, 인민 공화국인가 빈민 공화국인가, 그 별종 나라 보도 일꾼 흉내를 내며 사자후를 토악질해 대는 자칭 원로나 지성들도 나를 슬프게 한다.

어디 그뿐이랴. 불신 시대를 견디느라 '99센트 스토어'에서 구입한 99전짜리 돋보기를 콧부리에 걸치고 마켓 영수증을 조목조목 따져 보는 아내 이마에 각인된 잔주름 계급장도, 왕방울을 부라리며 행인은 물론 이웃 동태까지 감시하는 차가운 부엉이 눈깔도, 현금 인출기 앞에서 쭈뼛쭈뼛 사주 경계를 하며 자판을 누르는 여인의 겁먹은 눈길도, 정류장 인근 지린내 나는 전봇대에 기대어 발을 동동 구르며 이제나 저제나 마음 졸여 가며 다 큰 손녀를 기다리는 허리가 기역자로 꺾인 할머니도 나를 슬프게 한다.

안톤 슈낙의 눈에는 고급 승용차 뒷좌석에 앉은 출세한 여인의 좁은 어깨도, 밤늦은 시각 사무실에 남아 서류를 만지작거리는 아가씨의 손길도 꽤나 슬퍼 보였던 모양이다. 그러나 요즘 세상을 살아가는 별 볼 일 없는 민초 나부랭이들에게는 거들먹거리는 귀부인도, 지겹다는 듯 컴퓨터 자판을 집적거리는 여직원도 부러울 게 틀림없다. 이웃으로 이웃과 더불어 살면서 이웃을 부러워하는 이웃들 시선이 나를 슬프게 한다.

문명이 발달할수록, 세월이 흐를수록, 지구촌이 좁아질수록 기쁜 일은 속속 줄어들고 슬픈 일은 마냥 늘어만 간다. 한여름 밤 숲 속 반딧불보다 촘촘한 잔별 같은 슬픔 중에는 차마 내색도 못하는 슬픔 또한 많다. 벙어리 냉가슴에 잔불로 남은 가슴앓이 고질병이 오늘도 나를 슬프게 한다.

팔자소관 (八字所關)

옛날 옛적에 '예끼순'이란 사람이 살았대
이름으론 영락없이 아낙 같지만
그게 아니라
헌헌장부軒軒丈夫였대

어느 대갓집 비부장이 외동아들이라던데
아무래도 좀 수상쩍어
어미 애비도 아니고 하필이면
대감을 쏙 빼닮았다잖아

택호가 지당至當이라는 '예예대감'이랬어
그래서 그랬을 게야
녀석만 보면 안팎 사람들 모두
"예끼" 하고 수군댔거든

종살이가 아니꼽고 메스꺼웠던 모양이야
열여덟 되던 해에 피아골에 들어
아예 '예끼순'으로 변성명하고
산도적이 됐대

비호飛虎보다 몸이 날쌔 날강도라 불렸대
하다못해 나그네 짚신까지 벗긴다고
사람들이 비아냥거렸대
"예끼순 날강도 같으니"

그러다가 어느 해부터인가 마을 사람들이
"예끼순 빨갱이 같으니"해 가며
슬슬 피하기 시작했대
빨치산 스라소니가 된 게지

그 아들인가 손자인가 아직도 살았다더군
한때 조폭 행동대원 하더니
어찌어찌 지방 의원 되었다가
어느 틈에 여의도에 입성했대

명문족보 사 들여 창씨개명까지 했다던데
뭣하러 다시 종노릇할까 몰라
쇠 금金 자 쓰는 상전

언필칭 백두 혈통 종갓집서 말야

팔자소관이란 게 정말 있기는 있나 보지
팔자 도망이 그렇게 어렵다면서
하긴 팔자가 오랏줄이지
∞자 말이야

행복은 그대 속에

버몬트 길로 접어들려는데 작달막하고 백발이 성성한 노인이 저만치 걸어가고 있었다. 얼핏 보기에도 바로 옆 사무실에서 댄스교습소를 운영하던 딸을 도와 허드렛일을 도맡아 해 주던 수다쟁이 로저스가 틀림없었다. 하도 반가워 얼른 자동차문을 내리고 "하이, 로저스!" 하고 불러보았다. 목소리가 도시 소음에 묻혀 버렸나, 그는 뒤도 한 번 돌아보지 않고 건널목을 횡하니 건너갔다. 등이 예전보다 좀 더 구부정해 보였지만 건덩건덩 춤추듯 걷는 몸짓은 여전했다.

벌써 십수 년이 흘렀다. 아침 일찍 사무실 문을 열려고 하면 느닷없이 나타나 "좋은 아침!" 하며 행복한 미소를 짓곤 하던 그였다. 당시 고희를 앞둔 인디오계 멕시코 출신으로 열세 살에 미국으로 건너왔다고 했다. 그는 대물림한 듯싶은 구닥다리 점퍼에 콧부리가 낡아 가죽이 보풀어 오른 구두를 신고 다녔다. 멕시코인 특유의 낙천성에다 인디오의 순천명하는 품성까지 타고나 언제 보아도 행복에 겨워 보이는 노인이었다. 굳이 트집을 잡자면 한 시간이고 두 시간이고 한 번 풀어놓은 이야깃주머니는 먼지까지 탈탈 털어 내야만 직성이 풀리는 못 말리는 수다쟁이였다. 그럼에도 도저히 미워할 수 없었던 건 아무리 눈을 씻고 보아도 그늘 한 자락 없이 행복해하는 그의 표정 때문이었으리라.

사람은 누구나 행복을 추구한다. 사람에 따라 이루고자 하는 행복의 내용이나 크기가 서로 다르다. 그것이 권력이나 명예 또는 부귀일 수도 있다. 또는 평화나 자유일 수도 있다. 경우에 따라서는 왕성한 식욕과 성욕을 제일가는 행복 조건으로 꼽는 사람도 있을 법하다. 행복의 실체가 무엇이든 손아귀에 넣기가 결코 만만치 않다. 다섯 손가락을 오므려 움키려들면 잽싸게 빠져나가다가도 손바닥을 활짝 펴고 가만있으면 오히려 손가락 사이를 제멋대로 들락거리며 노니는 송사리 같은 것이 행복일지도 모른다.

독일의 철학자 루드비히 마르쿠제가 <행복은 그대 속에>라는 일종의 행복론을 남겼지만 그 자신은 별로 행복한 일생을 보낸 것 같지 않다. 그는 나치 정부의 사상 탄압을 견디다 못해 고향을 등지고 스위스와 프랑스를 전전하다가 결국 대서양을 건너 미국으로 망명길에 올랐다. 그러니 밤새워 가며 그의 저서를 읽고 또 읽어 본들 무슨 효험이 있으랴. 행복은커녕 발음하기도 까다로운 현학자들 이름과 추상적이고 관념적인 공리공담만 그득해 골머리가 다 지끈거린다. 인내심의 한계에 도전이라도 하듯 마지막 페이지까지 읽고 책을 덮는다.

어설프게나마 감이 잡히는 행복의 요체는 검소하고 조촐한 삶이라는 이야기인 것 같다. 말로아 쉬워 보이지만 선인(仙人)이나 선승

(禪僧)이라면 모를까, 우리 같은 속인에게 그게 가당키나 한 소리인가.

행복은 길을 걷다가 발끝에 차이는 돌멩이가 아니다. 길거리에서 흔히 눈에 띄는 페니 동전도 아니다. 풀밭이나 가시밭을 샅샅이 뒤져 보아도 허탕만 치는 보물찾기, 그래서 행복은 신기루 같다고 하나 보다. 설령 운 좋게 행복 한 닢을 손에 쥐었다 해도 또 다른 욕심이 고개를 곤추 세우고 '행복은 아직도…'라며 충동질해 댄다. 그 부추김과 유혹을 뿌리치지 못해 평생 고난의 행군 대열에서 한 발짝도 빼낼 수 없는 것이 우리들 삶이 아닐까.

굿판이라도 벌이듯 라틴 음악을 시끌벅적하게 틀어 놓고 댄스를 지도하는 큰딸을 자랑할 때면 로저스의 입술에 침이 마르기는커녕 오히려 게거품이 부걱거렸다. 바쁜 날에는 수다를 들어주는 것만으로도 고역이었다. 별수 없이 이 핑계 저 핑계를 대며 수다 공세로부터 탈출을 시도할라치면 "오늘도 행복!" 하면서도 못내 아쉬워하는 눈치가 역력했다. 미안한 생각이 들어 "당신도!"하며 슬금슬금 뒷걸음질을 치면 금세 함박웃음을 지으며 말했다.

"Siempre estoy feliz.(난 늘 행복해.)"

행복에는 관성질량(慣性質量)이니 중력질량(重力質量)이니 하는 질량 개념 자체가 없는 것 같다. 행복은 덩어리도 부스러기도 아니다. 행복이란 사람의 마음을 숙주 삼아 그 갈피에 기생하는 바이러스의 일종이 아닐까 싶기도 하다. 길이도, 부피도, 무게도 없는 행복 바이러스, 이를 계량할 수 있는 도량형기는 아직 없는 것 같다. 그러니 영국의 심리학자 로스웰(Rothwell)과 인생 상담사 코언

(Cohen)이 공동으로 제시한 행복 공식이 아무리 그럴싸해도 인간의 행복 지수를 제대로 측정하기에는 무리가 있어 보인다.

"난 늘 행복해."

얼마나 쿨한가. 골치 아프게 행복론을 뒤적일 필요가 어디 있으랴. 마르쿠제나 달라이 라마, 카네기나 세네카의 행복론도 다 부질없는 공염불이나 다름없다.

백세 인생도 꿈같은데 만세 삼창을 외친들 무슨 의미가 있겠는가. 차라리 하루도 거르지 않고 꼬박꼬박 비타민 챙겨 먹듯, '난 늘 행복해.'를 말버릇처럼 입에 달고 살다 보면 분명 '행복은 그대 속에' 있는 것이 아니겠는가.

"Siempre estoy feliz!"

가시나무새

2015년에 작고한 오스트레일리아의 여류 작가 콜린 맥컬로우(Colleen McCullough)의 대표작 <가시나무새(The Thorn Birds)>는 훤칠하게 잘생기고 품격 높은 랠프 추기경과 강인하고 청순한 여인 메기의 사랑과 고뇌를 소재로 한 소설이다. 여성 작가 특유의 섬세한 문체가 돋보이는 작품이기도 하다.

세월 탓일까, 한창 나이 땐 읽으면서 불굴의 개척 정신과 애틋한 사랑에 흠뻑 빠져들었으나 나이 들어 다시 펼쳐 보는 내내 신성(神性)과 인성(人性)이 크게 다르지가 않다는 생뚱맞은 생각이 뇌리에 찰거머리처럼 달라붙어 도저히 떨쳐 낼 수가 없었다.

하나님은 인간을 당신 형상대로 빚었다 했던가. 소설을 읽다 보면 곳곳에서 '인간적인, 너무나 인간적인' 하느님을 조우하게 된다. 어쩌면 아담과 이브에게 기(氣)뿐 아니라 혼(魂) 또한 당신 것을 불어넣지 않았을까. 그렇지 않고서야 소설 전반에 흐르는 신격(神格)과 인격(人格) 사이의 팽팽한 긴장감을 어찌 다 설명할 수 있으랴.

니체는 ≪인간적인 너무나 인간적인≫이란 저서를 펴냈다. '자유정신'이라는 핵심 사상이 담긴 책, 그 서문에서 "모든 가치는 전도(顚倒)될 수 없는 것일까?"라는 물음을 던진다.

그리고는 형이상학, 도덕과 종교에 대한 비판적 철학적 논의에 이어, 친구와 친구, 남성과 여성, 가족 그리고 국가 문제까지도 포괄적으로 언급한다. 그는 모든 이상주의적 본질은 근본적으로 '인간적인, 너무나 인간적인' 필요와 갈망에 불과하다고 주장한다.

감히 니체의 표제를 그대로 원용하자면 하느님은 '인간적인, 너무나 인간적인' 존재가 아닌가 싶기도 하다. 질투심뿐 아니라 독점욕 또한 만만치가 않다. 당신의 피조물에 지나지 않는 사람에게는 이웃을 사랑하라, 원수를 사랑하라면서도 다른 신들은 거들떠보지도 말라고 윽박지른다. 사탄을 시켜 선량하고 신심 두터운 종 욥(Job)을 끈질기게 괴롭히면서 그의 변함없는 사랑과 믿음을 확인하고는 사탄에게 "자, 봤지!" 해 가며 뽐낸다. 하늘의 별처럼 자손의 번성을 언약한 바 있는 아브라함의 피붙이임에도 불구하고 저들을 이단이니 이교도니 매도하며 곁가지 치기를 마다치 않는다. 그렇다면 하느님이야말로 지극히 인간적인, 너무나 인간적인 그런 존재가 아닌가.

하느님도 사람과 마찬가지로 심기를 잘못 건드리면 불같이 노한다. 휘오나가 결혼하기 전 이웃 유부남을 사랑하여 낳은 사생아 프랭크는 반생을 교도소에서 보낸다.

하나님은 심술궂기가 놀부 같다. 심복인 신부 랠프와 휘오나 부인의 외동딸 메기 사이에서 태어난 데인은 신부 서품을 받자마자 새파란 나이에 생을 마감한다. 죽은 데인이 바로 자신의 핏줄이란 사실을 인지한 랠프 추기경도 결국 메기 품에 안겨 숨을 거둔다.

어디 그뿐인가. 해코지 또한 장난이 아니다. 메기가 엄마 휘오나와 함께 평생에 걸쳐 피와 땀으로 일군 드로게다 농장은 여러 해에 걸친 한발로 초토화되고 딸린 식솔들은 기근에 시달리다 못해 뿔뿔이 흩어진다. 랠프와 데인이 저를 섬기기 위해 봉직하는 성소(聖所) 바티칸의 영향권에 속한 유럽은 전쟁에 휩싸인다.

가시나무새. 가슴팍을 가시에 찔린 채 시뻘건 피를 흘리며 죽어가는 새가 고통을 못 견뎌 신음으로 토하는 곡성을 마치 아름다운 노래라 믿고 사는 존재가 인간이다.

메기가 랠프에게 말한다.

"사람들은 노래를 부르지요. 그것이 세상에서 가장 아름다운 노래라는 확신을 품고 말이에요. 우리는 각자 가슴에 가시를 길러요. 우리가 할 수 있는 일은 그 아픔을 감내하는, 그리고 그것이 가치 있다고 스스로 다짐하는 것뿐이지요."

랠프가 메기한테 속삭인다.

"메기, 인간은 왜 그런 아픔에서 자유로울 수 없을까?"

메기가 퉁명스레 대꾸한다.

"당신 하느님께 물어봐요. 고통에 관한 한 그분이야말로 최종 책임자가 아닌가요?"

머쓱해진 랠프는 말없이 하늘만 쳐다본다. 작은 가시나무새 한 마리가 피로 얼룩진 날개를 퍼덕이며 푸른 하늘을 가르며 어디론가 힘겹게 날아간다.

분노의 포도, 그리고 여인

　　존 스타인벡의 ≪분노의 포도≫를 읽다 보면 바로 이 사람이라고 콕 찍어 내세울 만한 주인공이 없어 보인다. 독자의 생각과 안목에 따라서는 존 조드나 그의 아들 톰 조드가 주인공일 수도 있고, 목사 출신 짐 케이시와 톰 조드가 주인공이 될 수도 있을 것 같다.

　　소설에 등장하는 주요 인물들이 대부분 평면적으로 나열되어 있을 뿐만 아니라 구성이 전개되는 각각의 장과 중간 장들의 연계가 정연하지 못한 것 같기도 하다. 게다가 스토리가 너무 감상적으로 흐른다는 생각이 드는 것 또한 사실이다. 그래서 어떤 비평가들이 ≪분노의 포도≫를 비판적인 시각으로 보는지도 모른다.

　　어쩌면 소설의 대미를 장식하는 두 여인, 즉 어머니와 그녀의 딸이야말로 실질적인 주인공일지도 모른다. 아니, 나는 그렇게 믿고 싶다. 물론 작가는 남북전쟁과 대공황을 겪으며 농민들이 생활 터전을 빼앗기고 핍박받던 시대상을 그리고 싶었을 것이다. 그렇지만 그보다는 여성의 위대한 힘과 사랑에 방점을 둔 것 같기도 하다. 스타인벡의 또 다른 명작 ≪에덴의 동쪽≫에는 여인의 힘에 관한 괄

목할 만한 언급이 있다. "강한 여성은 남성보다 훨씬 더 강하다. 특히 여인이 사랑을 품고 있을 때 더욱 그렇다. 누군가를 사랑하는 여인은 어떤 상황에 처해서도 태산처럼 의연하기 마련이다."

미국에서 여성들이 온전한 참정권을 획득한 것은 수정 헌법 제19조가 통과된 1920년이었다. 노예의 신분에서 가까스로 해방된 흑인들조차 같은 해에 참정권을 부여받은 것으로 보아 그동안 여인들이 얼마나 사회적 불이익을 받아 왔는지 짐작이 간다.

당시 여성들의 사회 참여는 극히 제한된 수준에 그쳤다. 대부분이 전업 주부로서 가사를 돌보든가, 농사일을 거들든가, 자녀들을 낳아 보살피며 키우는 역할에 그칠 수밖에 없었다.

소설의 시대 배경이 되는 당대의 여성들이 사회 활동에 적극적으로 참여할 수 있는 길이 극히 제한적일 수밖에 없었다. 따라서 여인들의 힘 또는 영향력도 남성에 비해 상대적으로 과소평가될 수밖에 없었다. 그렇지만 ≪분노의 포도≫에서처럼 가족 구성원이 절명의 위기에 처하여 남자들조차 망연자실하고 속수무책인 격변의 와중에 존 조드의 아내야말로 그 누구보다도 당당하고 의연하게 조직의 리더 역할을 유감없이 감당했다.

그러한 어머니의 힘, 그 원천은 도대체 무엇일까. 한 나라의 국민이나 사회의 구성원으로서의 투철한 사명 의식에서 우러난 진액(津液)으로 말미암은 것일까. 아니다. 그건 사랑이다.

사랑 중에서도 모성애야말로 가장 오래고 풍성한 힘의 모천(母川)이 아닐까 싶다. 하긴 그게 어디 사람뿐이랴. 짐승은 물론 미물을 포함한 모든 생명체의 모성애 또한 그에 못지않다.

소설에 등장하는 조드 가의 딸 로저샨이 있다. 제 몸조차도 주체하기 힘든 만삭의 몸으로 가족과 더불어 서부로 향하는 대장정에 올라 희망에 부풀었던 그녀는 어느 날 남편이 말도 없이 훌쩍 곁을 떠난 후 절망한다. 그러면서도 뱃속에서 꼼지락거리는 생명을 사랑하는 마음과 끈끈한 가족애로 하루하루를 극복한다. 고난의 여정에서 기아와 과로에 시달리다가 아이를 사산한 후 절망의 늪에 빠진 그녀가 굶주림으로 목숨이 경각에 달린 낯선 남자, 그것도 아버지뻘도 넘는 노인에게 젖을 물린다.

로저샨이 왼손을 남자의 머리 뒤로 돌려 머리를 받치고는 손가락으로 그의 머리카락을 부드럽게 쓸어 주었다. 그녀가 눈길을 들어 건너편 벽을 바라보면서 입술을 오므리더니 알 수 없는 미소를 머금었다. 로저샨의 미소가 마하가섭의 염화미소나 모나리자의 애매하기 그지없는 미소보다 못 할 까닭이 어디 있겠는가. 소설의 대단원을 마무리하는 로저샨의 수유(授乳) 장면은 그야말로 감동적이다.

여성의 힘, 그 원천인 모천이 세월과 더불어 점차 메말라 드는 것 같다. 여성들이 임신과 출산을 기피하고, 젊은 부부들이 육아를 포기한다. 반면에 여성들의 사회 참여는 그야말로 눈부실 정도다. 그만큼 사회 각 분야에서 여성들의 활동 범위가 넓어지고 영향력 또한 무시할 수 없는 것도 사실이다. 그렇지만 모성애로 무장되지 않은 여성의 힘은 남성의 그것에 비해 별로 유리할 것도 없다. 하지만 모성애라는 모천에서 비롯한 여성의 힘은 어느 누구도 설불리 거스를 수 없을 정도로 막강하기 마련이다.

꼴이면 어떡해

별 볼 일 없는 노부부가 있었다
게딱지 같은 노인 아파트 거실에서
사이좋게 축구 경기 생방을 시청하고 있었다
엘에이 갤럭시와 시애틀 사운더스 팀이
연장전을 치르고 있었다
막상막하 열전이었다

연장전도 거의 끝날 즈음이었다
사운더스 공격수가 회심의 센터링을 날렸다
공이 갤럭시 수비 선수 머리를 맞고 뒤로 흘렀다
카메라맨이 앵글을 놓치고 말았다
잠시 화면이 흔들리고 공은 행방이 묘연했다
아낙이 이빨 빠진 소리로 말했다
"꼴이면 어떡해!"
"어떡하긴 뭘, 이리 누워 봐."

사내가 태연자약하게 말했다

잠깐 사이 늙은 사내가 숨을 몰아쉬며 물었다
"들어갔어?"
"아니, 꼴 문만 스쳤어."
늙은 아낙이 코맹맹이 소리로 대답했다

연장전 끝에 득실 없이 게임은 무승부로 끝났다
휴식 시간이 끝나자 승부차기가 있었다
갤럭시 팀이 5 : 4로 이겼다
관중들이 홈 디포 구장이 떠나갈 듯 환호했다
노부부도 얼싸안고 좋아했다
"갤럭시 만세!"

노부부의 사랑에는 연장전도 승부차기도 없었다
환호성도 만세 삼창도 하이 파이브도 없었다
혹시나 싶어 각자 핸드폰을 열었다
화면이 달밤처럼 고요했다
손녀 혼자 웃고 있었다
가을밤이 깊어 갔다

남아 있는 나날

가즈오 이시구로의 《남아 있는 나날》을 읽고 나니 문득 로버트 피어시그의 《선과 모터사이클 관리술》이 생각난다. 소위 여행자 소설에 속한다는 관점에서도 그렇다.

전자가 사회적 신분에 상응하는 '품위'를 주제로 다룬 반면, 후자는 '가치에 대한 탐구'라는 부제가 암시하듯 '질(質)' 또는 '가치'를 명제로 다룬 진리 탐구서라고 할 수 있다.

《선과 모터사이클 관리술》은 아들 크리스를 뒷좌석에 태우고 열이레 동안 미네소타 주 소도시를 출발하여 캘리포니아에 이르는 주인공의 철학적 사유의 여정을 기술한 작품이라 할 수 있다. 한편 《남아 있는 나날》은 주인공 스티븐슨이 모처럼 허용된 엿새 간 휴가를 이용해 반평생을 봉직한 달링턴 홀에서 출발해 리틀 컴프턴에서 옛 동료 켄턴을 만난 후 귀갓길에 웨이머스라는 마을에서 집사로서의 각오를 다지는 도정을 그려 낸 소설이다.

문학작품이란 통상 미적 범주 한둘을 예술적 기법으로 조리(調理)해 낸 결과물이 아닌가.

그 요리를 즐기는 것은 손님 몫이다. 개중에는 구미에 맞아 탐식하는 독자도 있을 테고, 입맛이 까다로워 수저를 내려놓는 사람도 있을 수 있다.

이시구로의 《남아 있는 나날》에서 주인공이 일관되게 추구한 품위는 우아미 범주에 속한다 할 것이다. 여행 마지막 날 권위적인 영국인 옛 주인과는 달리 보다 개방적인 미국인 새 주인을 제대로 모시려면 객쩍은 농담까지도 스스럼없이 공유할 줄 아는 기술도 중요하다는 것을 깨닫는다. 말하자면 골계(滑稽)의 필요성을 인지한 셈이다.

《선과 모터사이클 관리술》은 편도 여행이다. 당연하다. 보편적 진리를 탐구함에 있어서는 그 과정 또는 깨달음 자체로 충분하기 때문이다. 따라서 구태여 현실 세계로 회귀할 필요가 없다. 그에 비해 《남아 있는 나날》은 왕복 여행이다. 그 또한 마땅하다. 보편적 진리와는 달리 실용적 노하우는 이를 구현할 수 있는 실험 공간이로서의 현장이 절실하기 때문이다.

《선과 모터사이클 관리술》에서 화자는 여행 내내 정서적 결함을 안고 사는 아들과 소통의 어려움을 겪는다. 매사에 끝도 없이 서로 엇박자를 내곤 한다. 부자유친이라는 덕목마저 무색하다. 결국 종착지에 도착하고서야 어설프게나마 부자지간의 유대가 복원된다.

《남아 있는 나날》에서 집사 스티븐슨과 총무 켄턴 사이도 소통이 원활치 못하긴 매한가지였다. 함께 일하는 동안 하찮은 것을 갖고도 시시비비가 끊이지 않았다. 그렇다고 적의가 있는 암투도, 시비곡절을 따지는 의견 충돌도 아니었다. 그건 남녀 간 은밀한 사랑싸움이었다.

요즘 저녁 있는 삶이란 말이 자주 회자된다. 삶의 질을 중시하는 말일 것이다. 이 말은 역설적으로 저녁 없는 삶을 영위하는 사람이 생각보다 많다는 이야기이기도 하다.

스티븐슨이 휴가에서 업무 복귀를 위한 귀갓길에 잠시 바닷가 선창에서 회상에 젖다가 만난 시골 노인이 하루 중 가장 좋을 때가 저녁이라면서 "맨날 그렇게 뒤만 돌아보아서야 쓰겠습니까. 사람은 때가 되면 쉬어야 하는 법이요. 날 좀 봐요. 퇴직한 그날부터 종달새처럼 마냥 즐겁답니다."라고 말했다.

해가 질 무렵부터 밤이 시작될 때까지가 저녁이다. 자정에 이르러 오늘이라는 여정을 마감하기까지는 아직 밤이라고 하는 겨를이 남아 있는, 말하자면 끝이 아니라 녘이다.

황혼 인생 또한 그렇다. 지나온 세월이야 어떻든 나는 지금 가장 찬란하고 아름다운 황혼녘에 있다. 누군가 황혼을 노래했다. "다시 황혼입니다. 오늘도 저물어 갑니다. 하루가 아무리 완벽했어도 오늘 하루는 끝입니다."라고 말이다.

아니다. 그리 서두를 필요가 어디 있는가. 황혼은 하루의 끝이 아니라 긴긴밤을 앞둔 녘일 뿐이다. 자정까지는 아직도 만리장성을 쌓고도 남을 만큼 시간이 널널하지 아니한가.

자, 이젠 황혼녘을 살자.

연리지처럼

조옥금 · 조사무